庫

マイ・ダディ

山本幸久

徳間書店

1

「みなさんこんばんは。当教会の牧師、御堂一男《みどうかずお》です」

一男は周囲を見回した。だれもいないし、昼日中でもある。だが一男には数多くの信徒が見えていた。

「はじめての方もいらっしゃいますね。今日はクリスマスイブです。この中に、聖書を最初から最後まで読破したという方、いらっしゃいますか」

一男にしか見えない信徒のほとんどが一斉に手をあげる。

「おぉ、こんなにたくさん。すばらしい。あとでなにが書いてあったか、ぼくにこっそり教えてくださいね」

信徒から小波のような笑いが起こった。いまいちウケが悪い。中にはしかめっ面の信徒もいる。冗談が通じていないのだ。本当に一男が聖書を読んでいないと思っているようだ。

「これだと軽過ぎるかな」

一男はジャンパーのポケットから四つ折りの紙を取りだして広げた。今宵《こよい》のための説教である。一男は牧師なのだ。自分で書いたのに、小さいうえに汚いので、読みづらかった。しかも四十歳を超えてから老眼にもなってきたため、焦点が定まらないときている。そのとき目の前の国道から車が入ってきた。

「いかん、いかん。仕事、仕事」一男は原稿を元のポケットに戻し、走りだす。そして慣れた手つきで、車を誘導する。「オーライオーライッ。はい、ストォオップ」


牧師は儲《もう》からない。

儲けるために牧師をしているのではない。仕方がないと言えばたしかにそうだが、牧師だって人間だ。生きていくには、それなりのお金が必要になる。

牧師の収入は信徒からの献金が主だ。毎月頂く月定献金と礼拝で集める礼拝献金である。この他の収入源は、一男の場合、結婚式や葬儀の謝礼のみだった。それと所属する教派から謝儀《しゃぎ》が支払われている。一男は娘とふたり暮らしだが、生活はギリギリだ。

　知りあいの牧師には、教会の他に幼稚園や保育園を経営する者もいれば、敷地の一部を駐車場にして収入を得ている者もいた。しかし一男の教会は狭くて小さい。そんな副業をする余裕などない。そこで近所のガソリンスタンドでアルバイトをするようになった。牧師の仕事とはえらくかけ離れているがやむを得ない。

　これも試練だ。〈神は真実な方ですから、あなたがたを耐えられないほどの試練にあわせることはありません。むしろ、耐えられるように、試練とともに脱出の道も備えてくださいます〉。聖書の一節を胸に、一男は日々、アルバイトに励んでいた。

　ただしクリスマスイブは休むつもりでいた。午後六時から礼拝があり、説教の練習もたっぷり時間を取ってしたい。だが店長に、ぜひでてほしいと頼まれてしまった。つい先日、若いアルバイトがひとり辞めてしまったのだ。午後六時までと言われたが、午後四時半までで勘弁してもらった。さすがに本業を疎《おろそ》かにできない。

「お疲れ様でしたぁ」

　一男は制服の上にダウンジャケットを着て、スタッフルームから飛びだしていく。

そして洗車機の横に置いた自転車を引っ張りだし、サドルに跨《また》がって、ペダルを漕《こ》ごうとしたときだ。

「御堂くぅうん」店長の米山《よねやま》が駆け寄ってきた。「おたくのお嬢さん、いくつだっけ？」

「十四歳ですが」

「まだ中学生かぁ」

「それがなにか？」

「高校生なら、ウチでバイトしてもらえるかなって」

冗談ではない。

「あ、でも十四歳って中三？　だったら来年の春には高校生だよね？」

「中二ですよ。それに高校生になっても、ここじゃバイトしません。っていうか、させません」

米山はまだなにか言いたそうだったが、一男は「お先ぃ失礼しまぁす」とその場を去っていった。

ガソリンスタンドから自宅までは、商店街を抜けるのがいちばんの近道だ。しかし今日は失敗だった。クリスマスイブで、ふだんよりも人出が多かったのである。ひとにぶつかって、ケガでもさせたら大事になってしまう。やむなく一男は自転車を下りて、道の端《はし》を他人様《ひとさま》の邪魔にならないよう押していくことにした。

商店街の街路樹はイルミネーションで彩られ、眩《まぶ》しいくらいだ。家族もカップルも友人同士も、みんな楽しそうに見える。このうちの一割でもウチの教会にきてくだされば、アルバイトをしなくても済むのに、などと考えていると、ダウンジャケットのポケットでスマートフォンが震えた。

〈ゴメン。帰り、ちょっと遅くなる〉

中二の娘、ひかりからのＬＩＮＥだった。終業式のあと、一旦家に戻ってから、クラスメイトとボウリングにいってくると、今朝でがけに言っていたのを一男は思いだす。だれといくんだと訊ねると、ひかりは四、五人の名前を挙げ、その中にはあきらかに男の子の名前もあった。男の子もいるのかと喉元まででかかったが、一男は必死に堪《こら》えた。わざわざ娘に嫌われるようなことを言っても意味がないからだ。

それより心配なのは、ひかりの身体《からだ》だ。期末テストがおわったあと、高熱を発して三日ほど学校を休んでいた。そのことを言うと、ひかりは平気だよと不機嫌そうに答えるだけだった。

でもまあ、こうしてLINEを送ってきたのだから、体調に変化はなかったってことだな。

「神父っ」

スマートフォンをしまい、自転車を押していこうとした矢先だ。背後から聞き覚えのある声がした。チューさんにちがいない。商店街近くのガード下に暮らすホームレスのひとりだ。教会の炊きだしには必ずあらわれ、ときには手伝いもしてくれた。

年齢はさだかではない。赤い帽子を被《かぶ》り、マフラーをグルグル巻きにして、コートを三枚も重ね着している。そして道往《ゆ》くひとに見えるよう、雑誌を掲《かか》げていた。路上で雑誌を販売し、その収入で暮らしているというか、生き延びている。

今月号、まだ買ってなかったな。

一男は財布をだして中をあらためる。小銭だらけだ。その中から雑誌の分のお金を取りだし、チューさんに近寄っていく。

「メリークリスマス、神父」

「神父じゃありません。牧師です」

これまで何百回と訂正し、牧師と神父の違いも説明した。しかしチューさんは改めようとしなかった。お金を渡して、雑誌を受け取る。

「今日は六時からクリスマスイブ礼拝なんですよ。チューさんもよろしければぜひ」

「駄目、駄目。前にも言ったろ。俺は神様なんか信じちゃいねぇんだ。俺が神父を好きなのは、あんたがイイひとだからだよ。それに今夜は稼ぎどきだ。どんだけ不況でも、クリスマスはみんな浮かれているんで、財布のヒモが緩《ゆる》いんだ。せっかくのクリスマスだから善行を積もうって気にもなるんだろうな。ふつうの日よりも一・三倍の売上げだ。そうそう、昼間、ひかりちゃんにも買ってもらった」

「え？」

先に言ってくれ、だったら買わずに済んだのに。

なんて言えるはずがない。自分が損をしたのではなく、チューさんの暮らしがその分、豊かになると思えばいいだけのことだ。

「いっしょにいた友達のひとりも買ってくれてな。なかなかのイケメンくんだった」

「なんて名前の子だった？」一男は思わず訊《き》いてしまう。

「ナカハラじゃないな、カミハラ、いや、オオハラだったかもしれん。ソウスケだかショウスケだかキョウスケだか、下の名前で呼ぶ子もいたな」

家に着いてから、一男はガソリンスタンドの制服を脱ぎ、牧師服に着替えた。今日の説教を暗誦《あんしょう》しながらだ。牧師になってかれこれ二十年近くにもかかわらず、いまだ教壇に立つと緊張してしまう。要するにアガリ症なのだ。信徒が増えないのは、そのせいではないかと思うこともある。

　勉強のため、評判の教会へいくつか足を運んだこともある。低音の渋い声で、どんな内容でも説得力のある牧師もいれば、落語家のように流暢《りゅうちょう》なおしゃべりで、最初から最後まで信徒の笑いが途絶えない牧師もいた。かと思えば、高齢でなんの話をしているのか聞き取れないが、教壇に立っただけで、教会ぜんたいに荘厳《そうごん》な雰囲気が漂う牧師もいた。いずれも各々の個性というか、天性のものであって、真似てどうにかなるものではなかった。

　浴室手前の洗面室にある鏡を見ながら、牧師服にカラーをつけていると、玄関のドアが開く音がした。

「ただいまぁ」

「ひかりっ。五時までには帰ってこいって言っただろ」

　娘からの返事はない。つづけて聞こえてきたのは水の音だった。キッチンで手を洗っているのだろう。

「おい、ひかりっ」

「ＬＩＮＥしたじゃんっ。遅くなるって」

「ＬＩＮＥすればいいってもんじゃない。約束しただろ。クリスマスとイースターだけはちゃんと手伝うって」

「少し遅れただけでしょ。うるさいなぁ」

「うるさいって」

「っていうかお父さんだって、こんな日にバイトしてんじゃん」

「今月もギリギリなんだよ」

一男は洗面室からでると、ひかりはリビングにいた。飾り棚にある亡くなった母親、つまりは一男の妻の写真に手を組んでいた。写真の隣の籠《かご》にはイースターエッグが置いてある。江津子《えつこ》の遺品で、そこに描かれた顔は一男の似顔絵だ。

ひかりは一男に気づくと、「着替えてくるぅっ」とリビングをでて階段を駆けのぼり、自分の部屋へ入っていった。

やれやれ。

一男が牧師を務める教会は、自宅に隣接している。築五十年以上で、よく言えば時代を感じる、はっきり言えばオンボロだった。台風など激しい雨に見舞われたとき、そこかしこで雨漏りがするほどで、その度にチューさんが直してくれた。けっして彼は過去を語らないが、その腕前からして元は大工だったのかもしれない。

礼拝は午後六時からで、その五分前に一男とひかりは自宅をでて、教会の前に並び、いっしょに息を整えた。いずれの手にも手燭《てしょく》に立てたロウソクがある。クリスマスイブは照明を落とし、ロウソクの灯《あか》りだけでおこなう燭火《しょっか》礼拝、いわゆるキャンドル・サービスなのだ。

これはイエス様が聖書の中で光に喩《たと》えられるのが由来である。なにしろご自身で、〈わたしは世の光である。わたしに従う者は暗闇の中を歩かず、命の光を持つ〉、あるいは〈わたしを信じる者が、だれも暗闇の中にとどまることのないように、わたしは光として世に来た〉ともおっしゃっている。

えらくおとなびてきたな。

娘を見て一男は思う。江津子の服を着ているから、なおさらそう見えるのかもしれない。白くて無地のごくシンプルなワンピースは、ハイネックで長袖だった。教会は一応、暖房設備があるものの居場所によって温度差がある。教壇は暑いくらいだが、娘のひかりが弾くオルガン付近は足元が冷えてたまらないという。

「お父さん」

「なんだ？」

「来年からは私、クリスマスイブは友達と過ごしたい」

いま言う？

「それはまた来年話そう」

「去年もそう言った」

キリスト教では子どもがまだ幼いうちに、親が洗礼を受けさせてしまう場合がある。しかし一男はしなかった。ひかりが成人したとき、自分の意思で決めてもらおうと考えたからだ。だがこうして教会の仕事を手伝わせるのは、洗礼を促《うなが》すためではないかと、一男は少なからず引け目を感じている。とは言え、ひかりに手伝ってもらわなければ、教会の運営がままならないのも事実だった。

「だったら明日、相談しよう。それでいいか？」

「ぜったいだよ」

ひかりは頬《ほお》を膨《ふく》らませる。おとなびていた顔が、一気に子どもになった。そんな娘の髪が少し乱れているのに気づき、一男が手を伸ばして直そうとすると、よけられてしまった。まるでボクサーが相手のパンチをすり抜けるような素早さだ。そしてひかりは自分で髪の乱れを直した。

「あと三分だ」腕時計を見て、一男は言った。「いけるか」

「お父さんこそ、ぎりぎりまで説教を練習していたけどイケるの？」

「当然だ」

そう答えながら、一男はひかりが持つ手燭のロウソクにライターで火を点《つ》け、ドアを開く。娘が礼拝堂へ入っていくのを見送り、ひとまずドアを閉める。

「あー、あー、アエイウエオアオ　カケキクケコカコ」

よその牧師に教わった発声練習だ。これで滑舌《かつぜつ》がよくなるという。かれこれ十年試しているが、以前と変わらない。でも説教の前には必ずやるようにしていた。滑舌はさておき、気持ちが落ち着くのはたしかだった。

ドアのむこうからオルガンの音色が聞こえてきた。『神の御子《みこ》は今宵しも　賛美歌一一一番』をひかりが奏でている。

やばいやばい。

一男は自分のロウソクに火を灯《とも》す。そしてドアを押し開いた。

「みなさん、こんばんは」

礼拝堂の中を進み、一男が教壇に辿《たど》り着いたところで、ちょうど演奏がおわった。

さすが我が娘と思いつつ、長椅子に座る信徒達を見回す。ひとりひとつずつ手燭を持ち、そのロウソクの炎がゆらゆらと揺らめいている。おかげでオンボロな教会の中が、ずっと昔の、どこか遠い異国の光景のようになっていた。

「今日はクリスマスイブです。はじめましての方は」長椅子に座る参加者を見回す。顔なじみの信徒ばかりだった。「いらっしゃいませんね」

いや、いた。十代なかばと思《おぼ》しき男の子がいちばんうしろの席に、ひとりでポツンと座っている。ロウソクの灯りだけなので、顔ははっきりわからなかった。しかしあんなに若い男子は信徒にいない。

「それではこの中に聖書を最初から最後まで読破したという方、いらっしゃいますか」

昼間、ガソリンスタンドで練習したときには、ほとんどのひとが一斉に手をあげるところを頭に思い描いていた。しかし現実は片手で数える程度しかいなかった。

「少ないですね」

ここまで少ないとは思っていなかったよ。

手をあげていないひとの中には、この教会に十年以上通いつづけている信徒もいた。でもそれは仕方がない。一男だって牧師にならなければ、一行だって読まなかっただろう。

「わかります。毎日少しずつ読んでも二年はかかりますからね」

目の端にひかりが見えた。一瞬、江津子に思えてドキリとしてしまう。

「思春期の女の子なんて、二年であっという間に変わりますから。ああ言えばこう言う。汚らしいものを見るような目つきをされる。パパ、パパとまとわりついてくれたあの頃を思いだし、そっと涙を拭う日々です」

信徒達から笑いが起き、ひかりをチラチラと横目で見る。ほとんどが娘を幼い頃から知っているのだ。

「話が逸《そ》れてしまいました。申し訳ありません。さてみなさんは目から鱗《うろこ》が落ちるということわざを知っていますよね。辞書によれば、〈なにかがきっかけになって、急に物事の実態などがよく見え、理解できるようになる喩え〉です。じつはこれ、聖書の言葉なんですね。『新約聖書「使徒行伝《しとぎょうでん》」第九章』のエピソードにでてきます。キリスト教徒を迫害していたサウロが、天から光を受けて地面に倒れると、イエス様の声が聞こえ、さらには目が見えなくなってしまうのです。苦しみと恐怖におののくサウロの許《もと》に、神から遣わされた人物が訪れ、彼の目を癒《いや》すため、神からの言葉を伝えました。聖書には〈すると、たちまち目から鱗のようなものが落ち、サウロは元どおり見えるようになった〉と記されています。サウロは目が見えるようになり、心の目で神の御心《みこころ》を見る者となりました。やがてパウロという名前で、宣教の使命を全《まっと》うしていきます。まさに世界が一変したんですね。他にも聖書が由来で、日本人でもよく使うことわざがあるのですが、どなたかご存じないですか」

「はいっ」みんなと離れた席に座る男の子が手をあげた。「豚に真珠ではありませんか」

「あ、うん。そのとおり」

おぉぉおと信徒から感嘆の声があがった。「すごいね、きみぃ」「物知りだねぇ」と男の子に褒《ほ》め言葉を言うひともいた。

「『新約聖書「マタイによる福音書《ふくいんしょ》」第七章六節』で、イエス様の言葉の中にでてきます。〈神に供えた肉など神聖な物を犬にやるな。また真珠を豚に投げてやるな。豚はそれを足で踏みつけ、向き直ってあなた達を噛み裂くかも知れない〉」

一男は話をしながら、気になることがあった。ひかりが男の子を見ている、というよりも見つめている。ただし教壇からだと男の子の顔はよくわからない。

「その他にも、七転び八起きや笛吹けど踊らず、目には目を歯には歯を、などが聖書を由来とすることわざだと言われています。そう、聖書は意外に身近なんです。それから〈人の一生は重荷を負うて遠き道を行くが如《ごと》し〉と言いますが」

「それも聖書ですか」信徒のひとりが訊ねてくる。

「いえ、徳川家康《とくがわいえやす》の言葉です」

思いの外、ウケた。狙《ねら》ってはいたものの、ここまでとは思わなかった。

「『新約聖書「マタイによる福音書」第十一章二十八節』で、イエス様はこう言っています。〈さあ、疲れている者、重荷を負っている者はだれでも、わたしの所に来なさい、休ませてあげよう〉。どうです？　家康さんよりも親切だと思いませんか」

信徒達の反応はさらに上々だ。一男はようやく緊張がほどけてきた。

「ことわざではありませんが、〈敵を愛せよ〉というのが聖書で最も有名な言葉でしょう。『新約聖書「マタイによる福音書」第五章四十四節、「ルカによる福音書」第六章二十七節』にでてきます。イエス様は〈自分を憎む者に親切をつくし、呪う者に神の祝福を求め、いじめる者のために祈れ〉と説いたのです。神様は敵味方区別せずに愛してくださっているからこその言葉です。これに勝る愛の概念はないと私は思います。私は愛を信じています。愛とはとても素晴らしいものです」

「ありがとうございました」

「おかげで素敵なクリスマスイブを過ごせました」

礼拝は無事におわり、一男は教会の玄関で貸した聖書を受け取りながら、信徒を見送っていた。

　説教のあと、ひかりのオルガンで信徒達とともに賛美歌を二曲唄った。一男は歌に自信がない。それでもいつもより声がでて、滞《とどこお》りなく唄えた。ひかりの伴奏も上手だった。できれば来年も弾いてほしい。いや、駄目だ。来年こそ解放してあげねば。

「先生っ」信徒のひとりが縋《すが》るような目で話しかけてきた。昔からの信徒で、五十代後半の女性だ。「今度息子の相談に乗ってください。就職もしないでフラフラフラフラしていて」

「ぼくにもそういう時期がありましたから。どうぞ心配なさらずに」

「私もお願いします」こちらは三十歳前後の女性で、今年の春頃からこの教会に通うようになった。「新しい職場の人間関係に悩んでいて」

「辛《つら》いですよね。ぼくも人間関係で悩むことがあります。いっしょにどうすればいいか考えましょう」

「牧師さんが？　どんな人間関係です？」

「牧師同士ですよ」一男は小声で言った。「けっこう大変なんです」

「センセッ」今度は東南アジアから日本に訪れている信徒だ。「ビザ、どうすれば取れますか」

「ビ、ビザ？　それはあの、いますぐには。あ、でも調べておきます。今度ゆっくり話しましょう」

「先生、やっぱり私、探偵に調べてもらおうと思うんです」

四十代なかばの女性で、古くからの信徒さんだ。以前から旦那さんが浮気をしていると疑い、一男に相談していた。

「た、探偵にですか？」

「はい」彼女は二つ先の駅名を言った。その北口にあるパチンコ屋の二階に、探偵事務所を見つけたという。

「ご主人のことを信じてあげてください。探偵にお願いする必要なんてありませんよ」

「そうですかねぇ」

最後は豚に真珠を答えた男の子だった。

「きみは、えっと、はじめましてだね」

「はい。教会というところにきたのも、今日がはじめてです」

「そうなんだ。参考までに聞かせてほしいんだけど、どうしてここに？　信徒さんの中に、だれか知りあいがいて、誘われたとか？　でもひとりっきりか」

「知りあいがいるといえばいるんですが」

「どなた？」

「御堂さんです」

「ぼく？」

「じゃなくて、ひかりさんです。おなじ中学で」

そのときになって、一男は男の子が左脇に雑誌を挟んでいるのに気づいた。チューさんが路上販売している雑誌だ。

ナカハラじゃないな、カミハラ、いや、オオハラだったかもしれん。ソウスケだかショウスケだかキョウスケだか、下の名前で呼ぶ子もいたな。

商店街で会ったチューさんの言葉を思いだす。

「きみ、ナカハラくん？」

「いえ、ウエハラです」

なんだ。カミハラでもオオハラでもないのか。

そう思ったときだ。

ドサッ。

教会の中で、大きな物音がした。壁に掲げた十字架が落ちたかと思ったが、そんなことはなかった。礼拝後に照明は点けてあるので、見渡してみたものの、とくに変わった様子はない。

「御堂さんは？」ウエハラが言った。

そうだ。ひかりがいない。

「ひかりっ。おい、ひかり」

名前を呼びながら、教会の中を探してまわる。ウエハラもだ。すると彼が「神父さんっ」と一男を呼んだ。牧師だと訂正する間はない。

「御堂さんがっ」

慌《あわ》てて駆け寄ると、椅子の隙間《すきま》にひかりが倒れていた。

「ひかりっ。どうした、ひかり」

「俺、１１９かけます」

ウエハラの声を背後に聞きながら、一男はひかりを抱きあげた。

2

「白血病？」

一男は我が耳を疑い、医師の言葉を繰り返し言ってしまった。

「正式な名称はキューセーコツズイセー白血病です」〈急性骨髄《こつずい》性白血病〉と付箋《ふせん》に書き、医師は一男に渡した。「いわゆる血液のがんです」

「娘がですか？　まさか。そんなはずありません。いやだな、先生。どなたか、べつの方と間違っていますって。私の娘は御堂ひかりというのですが」

「昨夜の八時に救急車で運ばれてきて、緊急外来で診察を受けた十四歳のお嬢さんですよね」

「は、はい」

間違いない。ひかりのことだ。

「でも、昨日、診ていただいた先生は、ただの貧血だから一晩寝れば治るって」

「ほんとに申し訳ありません。その後の血液検査で、異常な数値が見受けられ、朝いちばんに骨髄の検査もさせていただきました」

「腰に針を刺していたアレですか」

「そうです」

俯《うつぶ》せになったひかりの腰に、まず麻酔の注射を打っていた。それだけでも痛そうなのに、そのうえ太めの針を刺していたのである。ひかり自身は麻酔が効いていたので、わずかな痛みしかなかったらしいが、見ているだけの一男のほうが、危うく声をだしそうになった。

「あの針で骨の中心部から骨髄液を吸引し、この中に白血病細胞があるかどうかを顕《けん》微鏡《びきょう》で調べた結果、急性骨髄性白血病と診断されたのです。さらに採取した白血病細胞の特徴をはっきりさせる検査に取りかかっているところです」

付箋に書かれた急性骨髄性白血病という一文字一文字が、なにか禍々《まがまが》しい害虫に見えてきた。

「自己紹介をしていませんでしたね。娘さんの担当医を務めさせていただきます、青《あお》木《き》と申します。よろしくお願いします」

「こ、こちらこそ」

「最近、お嬢さんが身体の不調を訴えたことはありませんでしたか。熱っぽいとか、疲れやすくてだるいとか、食欲がないとか」

「い、一週間ほど前に高熱をだして、学校を休んでいました。でももうすっかりよくなったって、だから昨日は友達とボウリングへいっていましたし、帰ってからは教会でオルガンも弾いていて」

「教会とおっしゃいますと、なにか宗教の？」

「あ、はい。でもけっして怪しげなものではありません。商店街を抜けたところにある教会でして、ぼくはそこの牧師をしております」

「あの教会の前はよく通りかかりますよ。そうですか、あちらの神父さんなんですね」

牧師ですと訂正する気力は、いまの一男にはなかった。

「ぼくの両親や祖父母《そふぼ》、親戚一同には白血病を患《わずら》った者はいないのですが」

妻の江津子はどうだったのだろう。両親を早くに亡くしたという話しか聞いたことがない。

「白血病は遺伝性の疾患ではありません。つまり親から子に伝わることはないんです」

「ではどうして娘はそんな病気に？」

「急性骨髄性白血病の原因はいまだ不明です。でも放っておけば、命にかかわるのはたしかです」

「いったいどうしたら」

一男は訊ねた。声が上擦《うわず》っているのが自分でもわかる。いつの間にか、喉がカラカラにもなっていた。

「まずは抗がん剤での治療をおこないます」

「それでひかりは助かるのですか」

「私は何人もの白血病患者を診てきました。助かるよう医師としてのプライドをかけて、全力を尽くします。抗がん剤のみで治すのが難しい場合は、ゾーケツカンサイボウイショクをおこなう必要があります」

「ゾ、ゾーケツなんですか」

青木は〈造血幹細胞移植〉と付箋に書いて、一男に渡した。

「骨髄移植というのは、聞いたことあるでしょう？　他人の骨髄から採取した血液幹細胞を移植する療法です。それが一般的ですかね。骨髄を入れ替えて、健康な血液をつくれるようにするのです。移植といっても身体を切り開くような手術をおこなうのではありません。ドナーからの骨髄液を、輸血のように点滴で身体の中に注ぎこんでいきます」

　なぜだろう。青木とは一メートルも離れていない。にもかかわらず、どこか遠くのほうで話しているようにしか聞こえなかった。

「御堂さん」

「は、はい」

「だいじょうぶですか」

　だいじょうぶなはずないだろ。

「本日、奥様はこられますか」

「いえ、あの、妻は八年前に亡くなりまして」

「そうでしたか」青木はバツの悪そうな顔をした。「失礼致しました。それでですね、娘さんに病気について伝えねばなりません。詳しい説明はもちろん、私からしますが、その前に、お父様からなさいますか」

「ぼくがひかりに？」

「無理であればいいんですよ」

「いえ、あの」

〈神は真実な方ですから、あなたがたを耐えられないほどの試練にあわせることはありません〉

一男は聖書の言葉を疑いかけながらも、こう答えた。

「ぼくがします。させてください」


ひかりの病室は大部屋でなく、個室だった。昨夜、ベッドがここしか空いていなかったらしい。一男はその前に立ち、何度も深呼吸をした。ドアに手をかけ、僅《わず》かに開く。するとひかりの声が聞こえてきた。

「貧血で救急車だなんて、大袈裟《おおげさ》だよぉ」

「大袈裟なものか。倒れていたときのひかり、顔が真っ青だったんだからな。俺なんか死んだんじゃないかと思ったくらいだ」

上原《うえはら》だ。昨夜は救急車に乗り、病院までいっしょだった。診療がおわったのは九時過ぎで、そのとき彼の名前を改めて訊ね、漢字でどう書くのかも教えてもらった。下の名前はソウスケでもショウスケでもキョウスケでもなく駿介《しゅんすけ》だった。

なにかあればいつでも連絡《れんらく》くださいというので、LINEの交換までした。娘と同い年ではあるが、身長は一男とほぼ変わらず、話し方が落ち着き払っていて、頼り甲斐があるように思えた。昼前には昨日のお礼と、ひかりが無事だとLINEで送ったところ、二時過ぎに見舞いにいきますと返事があった。ちょうどその前に、一男は青木に呼ばれ、診療室にいっていたのである。なぜか上原はサッカーのユニフォーム姿だった。

「でもまさか、ほんとに礼拝にくるとは思っていなかったよ。驚いちゃった」

「ひかりが誘ったんじゃん」

「あれは社交辞令だよ。一応、他のみんなも誘ったけど、こなくて当然と思ってた」

「そうなの？　でもいってよかった。ひかりのお父さんの話、面白かったしな」

「マジで？　あれのどこが？」

「どこがって」

「っていうか上原くん、なんで豚に真珠が聖書の言葉だって、知ってたの？」

「クイズの本に書いてあったのを、小学生の頃、読んだことがあるんだ」

「上原くん、クイズ好きなの？　なんか意外」

「俺のこと、サッカーしかできないヤツと思ってた？」

「そんなことないよ」

ひかりが笑う。こんな楽しそうな娘の笑顔を見るのは、ひさしぶりだった。少なくとも中学生になってからは、見たことはない。父親としては気になることがひとつある。上原が教会にきたとき、ひかりを「御堂さん」と呼んでいたのに、いまは下の名前で、呼び捨てにしていることだ。

　廊下のどこからか咳払いが聞こえてきた。少し離れたところで、年配の看護師が怪《け》訝《げん》な顔で自分を見ている。不審者に思われたのだろう。一男は慌ててドアを開く。

「あ、お父さん」ひかりがちょっと残念そうに言う。

「昨日はどうもありがとう」一男はまず、上原に礼を言う。

「とんでもありません。俺、そろそろ帰らないと」

「そうなの？」と言ってから、ひかりは父親を軽く睨《にら》んだ。上原が帰るのは一男のせいだと言わんばかりの目つきだった。

「親に呼び出されたって、サッカー部の練習を途中で抜けだしてきたんだ。三時には戻らないと」上原はユニフォームの上に、膝下《ひざした》まである紺色のコートを着た。「じゃあ、またな」

「みんなによろしく言っといて」

「わかった」上原はドアの前で止まり、「失礼します」と丁寧《ていねい》にお辞儀をしてから出ていった。

「高かった？」ひかりが心配そうに訊ねてくる。

「なにが？」

「なにがって入院費とかそういうの。会計してきたんでしょ？」

「まだだ。まだ帰れない」

「どうして？」

「ただの貧血じゃなかったんだ。病気が見つかって、それについてもっとよく検査をしたいと、医者に言われてきた」

「病気？　私が？　なんの？」

ひかりの真っ直ぐな視線に、一男はたじろいでしまう。

「落ち着いてよく聞いてくれ。今朝、腰に針を刺しただろ。その結果」

一男はつぎの言葉がでてこない。唾を飲みこもうとしても、口の中がすっかり渇き切ってできなかった。

「その結果、なに？」

「白血病細胞が見つかったそうだ」

ひかりの顔から表情が消えた。昔、おなじ顔を見たことがある。江津子が亡くなったときだ。ひかりはまだ六歳だった。

「私、白血病なの？」

「安心しろ、ひかり」一男はすかさず言う。「おまえの担当の先生、お父さんよりだいぶ若いけど、これまで何人もの白血病患者を診てきたそうだ。助かるよう医師としてのプライドをかけて、全力を尽くしてくれるって」

「診てきただけ？　どれだけのひとが治ったの？」

しまった。そこまでは聞いていなかった。だが一男はためらわずに言った。

「みんなに決まっているだろ」

思わずひかりの手を取る。昨日、髪の乱れを直そうとして、嫌がられたのを思いだし、振り払われはしないかと思ったが、娘は一男の手を握り返してきた。ただし顔を伏せ、黙ってしまった。なにか声をかけるべきだと一男はあれこれ考えたが、この場に相応《ふさわ》しい言葉がでてこなかった。聖書を引用したところで、娘を慰《なぐさ》められるとは思えないのだ。

やがて一男の手の甲にぽたりと雫《しずく》が落ちた。一滴二滴と瞬《またた》く間に増えていく。ひかりの涙だった。娘の身体が小刻みに震えているのにも気づいた。

「白血病だなんて、そんなの嫌だよ」ひかりの声はかすれていた。「怖いよ。お父さん、私、死んじゃうの？」

「治るよ。必ず治るから」

それしか言えない自分の不甲斐なさに、一男は情けなくなる。

「私、まだ十四だよ。やりたいこと、まだまだたくさんあるのに、なんでこんなヒドい目にあわなくちゃいけないの？」

ひかりが顔をあげた。その双眸《そうぼう》から涙がとめどなく溢《あふ》れでている。一男も目頭が熱くなった。十年以上昔であれば、泣きじゃくる娘をなだめる手段はいくらでもあったのに。

「教えてよ、お父さん。これも神様からの試練？」

そうだとは答えられなかった。

「あんまりだよ、神様。お父さんが牧師で、神様のイイところを拙《つたな》い話術で、一生懸命みんなに説明してあげてるのにさ。娘の私にこんなハードルが高い試練って、ヒドすぎる」

そこでひかりは一男から手を放し、「お父さん、ティッシュある？」と訊ねてきた。

「あ、うん」上着のポケットを探ると、駅前で配っていたティッシュがでてきた。それを渡すと、ひかりはティッシュを数枚、無造作に引き抜いて涙を拭っていく。さらに数枚だし、今度は洟《はな》をかんだ。

「神様は耐えられない試練は与えないんだよね」

「ああ」

「だったら受けて立つよ。耐えてみせる」

どうにか泣き止《や》んだものの、目は真っ赤だし、くすんくすんと鼻を啜《すす》っている。でも娘の顔は覚悟を決めたかのようだった。

「私、がんばるよ。お父さん」

「がんばろう」

ひかりの目にまた涙が滲《にじ》みでてくる。ティッシュは使い切ってしまったようだ。一男は右手を伸ばし、その涙を拭ってあげた。

不安でたまらない。だが自分の何倍何十倍、娘は不安にちがいないのだ。

はたして自分は父親として、なにができるのだろう。


一男がバイトをするガソリンスタンドには、洗車機があるものの、スタッフによる手洗い洗車がウリのひとつだった。洗車機だと三百円のところ、手洗いはその十倍ちかくの値段だ。それでも愛車に傷を付けたくないと、予約をして遠くから訪れるひとも少なくなかった。

一男がいま手洗いをしているのは、そんな常連さんのベンツだった。六十代なかばと思しき好々爺《こうこうや》然とした男性で、予約する際には必ず一男を指名した。いちばん丁寧で、キレイに仕上げてくれるからというのだ。洗車にかかる一時間、彼はあたりを散歩しにいく。

　指名されたからといって、バイト代が増すわけではない。雲ひとつない青空で、陽《ひ》が照っていても気温は五度以下である。吐く息は白く、身体の芯まで寒くてたまらない。

　それでも一男は洗車が嫌いではなかった。淡々と仕事をこなすことで、無心になれるからだ。いまもそうだ。ムートンハンドで車体を撫でるように優しく入念に洗っていく。

　ほぼひと月前、病気が発覚してから、ひかりはそのまま入院の運びとなった。いまは治療によって白血球数が減少し、抵抗力が著《いちじる》しく低下しているため、細菌その他の病原体を防ぐクリーンルームと呼ばれる病室で、闘病生活を送っている。治療中はその部屋をでることができず、面会は家族に限られていた。

　抗がん剤の副作用で、ひかりは見る見るうちに痩《や》せ衰《おとろ》え、髪も抜け落ちていった。先日は面会の最中に嘔吐《おうと》し、看護師が娘の背中を擦《さす》るのを、一男は見守ることしかできず、自分の無力さを思い知らされるばかりだった。

「御堂くぅうん」

店長の米山が近寄ってきた。ひとりではない。新品の制服を着たチャパツの青年といっしょだった。

「彼ね、新しいバイトなんだ。ジン、ほら、挨拶《あいさつ》」

「イチノセッス」

数字の一に片仮名のノ、瀬戸《せと》大橋の瀬で一《いち》ノ瀬《せ》、名前の仁《じん》は『仁義なき戦い』の仁だと、訊いてもないのに米山が言った。

「じつは私の姉の子ども、つまりは甥《おい》っ子でさ。二十四歳なんだけど、いろいろあって、今日からウチで働いてもらうことになったんだ。仕事、教えてやってくれない？」

「わかりました。御堂一男です」

「御堂筋の御堂に、数字の一に男で一男ね」と米山が教えるものの、一ノ瀬はまるで興味がなさそうだった。初対面にもかかわらず、反抗的な鋭い目つきで、一男を睨みつけている。

「御堂くんの本職は牧師さんで、優しくてイイひとだから、わからないことはなんでも教えてくれるよ。だからって、甘えちゃ駄目だからな。はは。御堂くん、早速だけど洗車の仕方、教えてあげてね。よろしく」

米山はそう言い残すと、そそくさと去っていった。アルバイトが入ると、決まって教育係を押しつけられてしまう。スタッフの中では店長のつぎに年長で、職歴も長い。それにいちばん多くシフトにも入っているので、やむを得なかった。

「それじゃ、これ」一男はムートンハンドを一ノ瀬に渡す。「まずはぼくが拭いてみせますね。コツは力を入れないこと。優しく車に身を委《ゆだ》ねるように」

「牧師のくせして、どうしてバイトなんかしてんスか」

「え？」

一ノ瀬を見ると、にやついていた。嘲笑《あざわら》っているのだ。これまでも若いアルバイトにおなじ表情をされたことが幾度もあった。

「牧師だけではやっていけませんので」

「生活が苦しいってことッスか？　切ねぇぇ。だったらなんで神様なんか信じてるんスか。金に困ってたら、神様、助けてくれんじゃね？」

アルバイトに限らず、こんなふうに絡《から》んでくるひとには、たくさん出逢ってきたので気にならない。

「その興味が神様に近づくはじめての一歩です。もし時間があれば、教会にお寄りください。いつでもお待ちしております」

「なんだよ、それ。だれが教会なんかいくもんか。この世に神も仏もいるもんか。拝んで物事ウマくいかねぇのは、あんたが身を以《もっ》て証明してるじゃねぇか」

痛いところを突いてくる。いつもであれば、聞き流すだろうがいまはできなかった。すっかりやつれ、ベッドで眠るひかりの姿が、脳裏にちらついたからだ。一男がどれだけ祈ったところで、いまだ快復の兆《きざ》しはなく、抗がん剤の副作用に娘は苦しむばかりだった。

「あんたさぁ」

一男は手を止め、一ノ瀬を正面から見据えた。

「な、なんだよ、その目は」

自分がどんな目をしているのか、一男にはわからなかった。それでも言うべきことは言おうと口を開いた。

「この車の持ち主は、あと十分で戻ってきます。それまでに洗車を済ませなければなりません。なにもしないのであれば、店長のところにいってもらえませんか」

思わず強い口調になってしまう。こんなことははじめてだった。

「んだよ。やるよ。やりゃあイイんだろ。怖《こえ》ぇんだよ。あんたみたいなおとなしいヤツが暴れだすと、手がつけられなくて、いちばんヤバいの知っててんだからな」

教会の裏庭には長い列ができている。今日は半月に一度の炊きだしの日だ。運動会などで使うテントを張り、その下でホームレスに弁当を配っていく。持ってかえるひともいれば、教会の中にある集会所で食べていくひともいる。今日のように天気がいい日は、裏庭にいくつかテーブルをだして、そこでも食べてもらった。

正午からはじめるのだが、百人近くは訪れ、炊きだしだけではなく、医療提供や自立支援の面接、法律相談などもおこなう。一男自身、個人的な悩みを聞くこともあった。

裏庭はまずまずの広さだ。一時期はここを月極《つきぎめ》駐車場にしようかと考えたこともある。そうすれば、ある程度の収入を望めるし、アルバイトをしなくても済む。だがそうすると、こうして炊きだしができなくなるので、あきらめた。

「いらっしゃいませぇ」

「こちらへどうぞぉ」

ファーストフードの店員みたいな溌剌《はつらつ》とした声に、ホームレスは少し引き気味だった。ひかりのクラスメイトである。

正月が明けて二週間ほど経《た》ったある日、教会に上原駿介が訪ねてきた。なんと、ひかりとＬＩＮＥでやりとりをしており、自分の代わりに、父の一男の手伝いをしてくれないかと頼まれたのだという。さらに話を聞くと、ひかりと上原を含めて六人のグループLINEで、クリスマスイブにボウリングへいったメンバーらしい。

他のヤツらも連れていきます。なにか手伝わせてください。

そして今日、上原に順也《じゅんや》と豪《ごう》の男子三名、美久《みく》と七海《ななみ》の女子二名が、炊きだしのボランティアに参加している。テントの組み立てからはじまり、並ぶひと達の誘導、食事の準備など、信徒に混じってよく働いてくれた。

いま一男の左右にいるのも、ひかりのクラスメイトだ。左で弁当箱にご飯をつぐ係が美久、真ん中で一男がカレーをかけ、右で蓋《ふた》をして渡す係が順也だ。最初のうちこそ、危なっかしかったが、ふたりともすぐに慣れた。他の子達も順応性が高い。こう言ってはなんだが、信徒のボランティアよりもスムーズに作業が進むほどだった。

「よぉ、神父」チューさんだ。列に並びながら、一男に声をかけてきた。

「神父ではありません。牧師です」

「どっちだっていいやな。ひかりちゃん、病気で入院してるんだって？」

「そうなんです」答えたのは美久だった。ただしご飯をつぐ手は止めない。「あたし達、ひかりの友達で、彼女の代わりにこうして手伝いにきました」

「そりゃ感心だ。で、ひかりちゃんはいつ頃、復帰できそうなんだい？」

チューさんは一男に訊ねてきた。

「少しかかりそうでして」

「少しってどんくらいさ。かれこれひと月は入院しているのに、まだかかるって、よっぽど悪いんだろ？」

わからない。担当医の青木は症状の経過の説明をしながらも、どれくらいでよくなるといったことは決して明言しなかった。

「心配は無用です」チューさんのうしろに、上原がぬっとあらわれた。彼は誘導係だ。「俺達、彼女とはほぼ毎日ＬＩＮＥでやりとりしているんですが、割と元気にしていますよ。身体に入ってしまった悪い菌を追いだすのに時間がかかるだけだそうです」

「なるほどね。十四歳だっていうのにかわいそうだ。俺が代わってやりたいよ。時間なら、うんざりするほど、ありあまっているからな」

チューさんが言うと、列に並んだひと達が「俺が代わる」「いや、私だ」「あたしだよ」と口々に言いだした。だれしもが、ひかりが帰ってくるのを待ち望んでいる証拠だ。

「ありがとうございます」

一男は深く頭を垂れた。

「これってちくわですか」豪が一男に訊ねてきた。

「見りゃわかるだろ」ツッコミを入れるように順也が言う。「穴が空いて、まわりがギザギザなんだ。そんな食べ物、ちくわ以外にあるかよ」

「ちくわぶがあるじゃん」と七海。

「ちくわぶはカレーに入れないだろ」順也がさらにツッこむ。

「ちくわだってカレーに入れないでしょ」これは美久だ。

「ウチはちくわの磯辺揚げをカレー味にすることはあるぜ」順也が言う。「だからちくわがカレーに入っていても不思議とは思わない」

「不思議とは言ってないよ」そう言いながら豪はカレーを口に運んでいた。「ちくわかどうかたしかめたかっただけさ。うん、おいしい。味付けが和風なところもイケています」

「ありがとう」一男は礼を言う。

ひかりのクラスメイトである中学生五人のやり取りを聞いているだけで、一男は頰が緩んだ。心が和《なご》んでもいる。こんな気持ちになれたのはひさしぶりだった。

炊きだしをおえたのは三時過ぎだった。ご飯とカレーが残ったので食べていかないかと五人を誘ったところ、全員が一斉に「はい」と答えた。ずっとカレーの匂いを嗅《か》いでいて、食べたくてたまらなくなっていたという。ならばと教会の集会所で、一男もいっしょに食べることにした。ここには調理ができるよう、コンロやシンクなども一式揃《そろ》っている。

「思いだした」七海が声をあげる。「前にひかりに聞いたことあるよ。ちくわカレーはママの得意料理だって」

「ひかりのママって」美久が少し困った顔になる。

「亡くなりました。八年も昔の話です」一男は静かに言い、そして訊ねた。「ひかりの言うとおり、ちくわカレーが得意でした。あの子は母親の話をみなさんにするのですか」

「そんなには」七海は首を傾《かし》げながら答えた。「カレーの具はなにが好きか、話をしてたら、ひかりが、ちくわって答えたんです。マジで？　って聞き返すと、亡くなったお母さんの得意料理だって」

「うん」美久が一男の方を見る。「そんとき、お母さんが亡くなった話を聞きました」

「お父さんのこともときどき」と豪。

「ぼくの？」

「お父さんに夕飯つくるから帰るねとか、お父さんの手伝いがあるんでその日は駄目とか、お父さんに頼まれた買い物をしたあとじゃないと遊べないとか、お父さんが」

「豪っ」順也が声を荒げる。「おまえはなんでいつも余計なことしか言わねぇんだ」

「これって余計なこと？」

豪はきょとんとして一同を見回す。まるで穴からでてきたプレーリードッグだ。

「それだけいつも、ひかりはお父さんのことを気にかけていたってことです」美久が慰めるように言う。

「そうそう、そうですよ。けっしてお父さんを煙たがっていたんじゃないので。それだけは信じてください」つづけて七海が言った。

煙たがっていたんだな。

自分としては娘の好きにさせてきたつもりだ。それでも心配でたまらず、どうしても口うるさくなってしまった。私を信じていないからだと、ひかりに言われたこともある。

「イースターっていつですか」

不意に上原が言った。すでにカレーを食べおえ、その手に持ったスマートフォンを見ている。

「三月のおわりから四月のアタマにかけてです」一男は答えた。「春分の日のあとの最初の満月のつぎの日曜日なので、年によって日付が変わりますが、それがなにか？」

「ひかり、あ、いや、御堂さんからいま、ＬＩＮＥが届いたんです。みんなのとこにもきてるはずだよ」

「ひかりでいいですよ」一男は理解ある大人を演じるため、できるだけにこやかに笑った。「きみはいつもそう呼んでいるんでしょう？」

「あ、はい」上原は目をぱちくりさせながらも頷いた。

「〈イースターの頃には退院できていればいいのにな。そんときはみんな、ウチの教会にきてね〉だって」

美久がひかりからのＬＩＮＥを読みあげる。

「イースターってなにするの？」七海がだれにともなく言う。「っていうか、そもそもなんの日？」

「イエス様が十字架にかけられて亡くなられた三日後、復活したのはご存じですか」

思わず牧師モードとなり、一男は一同を見回しながら問いかけた。さすがにみんな知っているようだ。

「その復活を祝うのがイースターです。なにをするかと言えばまず飾る卵をつくります。殻《から》を壊さずに小さな穴を開けて、中身を取りだしてから、顔を描いたり、色を塗ったり、リボンやビーズなどでデコレーションをします」

爪楊枝《つまようじ》ってあります？

亡くなった妻、江津子の声が耳の奥で聞こえた。十数年前、彼女とはじめて出逢ったのが、イースターの前日だった。

「ハロウィンのように仮装もしますし、イースターエッグを隠してみんなで探したり、スプーンに乗せてかけっこしたり、なんて遊びもあります」

「仮装ってどんな？」

七海が身を乗りだしてくる。

「どんなのでもかまいませんが、主にウサギですかね」

ひかりは毎年、イースターでウサギの耳を模したカチューシャを、頭に付けていた。ここ数年の写真が、スマートフォンに保存したままなので、それを見せようかと思ったが、やめておいた。なに勝手なことしているのよ、と怒る娘の姿が想像できたからだ。

「面白そうじゃん。参加しようよ。ね？」

七海は鼻息を荒くしながら、みんなに同意を求める。

「ひかりがその頃までに、退院できたらな」上原が落ち着き払った声で言う。「俺達だけで楽しんじゃ、ひかりがかわいそうだろ」

「わかってるって」と上原に言ってから、七海は一男を見た。「二ヶ月以上先ですもんね。さすがにその頃までには、ひかり、退院しますよね」

七海だけでなく、他の四人も自分を見ているのに気づいた。

「あ、うん。たぶん」

口ごもりながらも、そう答えるしかなかった。

「豪っ」

「なんだよ、順也。隣なんだから、そんな大きな声ださなくても聞こえてるって」

「おまえ、ひかりに頼まれてたこと、引き受けてたじゃねぇか。それ、言わないでいいのかよ」

「あっ。そうだった。ぼく、七歳のときからピアノを習っていまして、市内のコンクールで何度か賞をいただいたことも」

「自慢話はしなくていいの」順也が苛立《いらだ》ちを隠さずに言った。「礼拝のときのオルガン演奏を自分の代わりにしてほしいって、こいつ、ひかりに頼まれたんです。なんだったらいまから弾かせるんで、使えるかどうか判断してもらえませんか？」

「どうだった？　豪くんのオルガン？」

「賛美歌を何曲か弾いてもらったけど、まああだな。ひかりのほうが数段ウマい」

「それはきっと、譜面が初見だったからじゃない？　この先ウマくなると思うよ」

炊きだしの翌日だ。ガソリンスタンドのバイトは午後からなので、午前十時に病院を訪れた。

家族であっても、クリーンルームの患者と面会するには規制が多かった。面会時間は完全予約制、衣服は必ず清潔に、つまりガソリンスタンドの制服などもってのほかだった。清潔であることを証明するかのごとく、一男はワイシャツにベージュのジャケット、そしてチノパンといういでたちだ。

クリーンルームの前に設置されたロッカーに、私物を入れておかねばならず、さらには靴をシューズカバーで覆《おお》い、口にマスクを付け、液体石鹸《せっけん》で手を洗ってから、ようやく部屋に入ることができる。ただし部屋にあるものを無闇に触ってはいけないし、ベッドに座るのも禁じられていた。やむなく一男はベッドからやや離れ、突っ立って、娘と会話をしなければならなかった。

「私の友達、五人ともイイやつだったでしょ」

「ああ。おかげで昨日の炊きだしは、いつも以上にスムーズにできたよ。ほんとに助かった。つぎもまた、きてくれるそうだ。グループLINEで連絡は取りあっているんだろ」

「うん。テレビ通話もしたいんだけどね。こんなに痩せこけた私を見たら、驚いちゃうだろうからさ」

娘の言葉に一男は胸を締めつけられる。

十四歳だっていうのにかわいそうだ。俺が代わってやりたいよ。

チューさんがそう言っていたのを思いだす。まさにそのとおりだ。

「ちくわカレー、おいしかったって、みんなからLINEがきてたよ」

「気に入ってもらってよかった」

「つくり方を教えてほしいっていうひともいたからさ、レシピを書いたんだけど、お父さん、これでいいかどうか確認してくれる？」

ひかりの差しだすタブレットを受け取る。やたら絵文字が多いレシピで、オジサンが読むにはいささかシンドかった。それでもポイントは外しておらず、とくに訂正する箇所はない。

「お母さんもよろこんでいるよ」

「どういう意味?」

「お母さんはちくわカレー普及委員会の会長だった。会員はぼくとおまえだけだったけど」

「私も?」

「なんだ、覚えていないのか。お母さんと委員会のバッジまでつくっていたんだぞ、おまえ」

ちくわカレーは江津子のオリジナルで、結婚するまでにも、いろいろなひとに教えてあげたものよ、と江津子が話していたのを思いだす。だがどんなひとに教えたのかは、結局聞かずじまいだった。

「ちくわカレー普及委員会かぁ」男が返したタブレットの画面をタップしながら、ひかりは言った。「そしたらこうやって友達にレシピを教えているのは、さしずめ二代目会長ってことだよね」

3

十五年前。

ガラガラガラガラガラガラガラ。

キャリーバッグを引きずる音が、夜の町に響き渡っていた。

ほんと、あたしは莫迦《ばか》だな。

江津子は思う。アパートを飛びだすにしろ、なにもこんな夜遅くでなくてもよかった。しかし一秒だって、ヒロとおなじ部屋にはいたくはなかった。

女もいたし。

仕事をおえ、江津子がアパートに帰ったのは夜の十時だった。部屋に灯りが点いているのに、ドアの鍵がかかっているのが、ちょっと気になった。ヒロは部屋にいるとき、鍵をかけないのである。何度か注意しても、実家ではこうしていたと直そうとしなかった。

ただいまとドアを開いたとき、奥で物音がした。どうしたのかと思うより前に、玄関の三和土《たたき》に赤いハイヒールを見つけた。江津子のではない。それでピンときた。靴を脱ぎ捨て、キッチンを抜け、部屋のドアを開く。するとベッドの上にヒロと見知らぬ女がいた。ふたりとも裸だった。

女が自分の下着と服に手を伸ばそうとしたので、江津子は思わず、持っていた買い物袋をふたりに投げつけた。ヒロにぶつかり、袋から飛びでた卵Mサイズ十個入りワンパックが床に落ち、中の卵がいくつか割れたのが見えた。だがそんなのは気にしていられなかった。江津子は部屋の端にあったピンク色のキャリーバッグを引っ張りだし、その場に広げた。中にはヒロの自主制作CDやチラシなどが入っている。路上ライブをおこなうとき、運んでいたのだが、それらをぜんぶだして、自分の荷物を手当たり次第に詰めこんでいった。

そのあいだのことはよく覚えていない。だがヒロが落ち着けと言ったのはたしかだ。そんな彼に江津子はこう言い返した。

「落ち着け？　いまヒロくんが言っていいのは、ごめんだけだよ。ごめん、江津子、突然恋に落ちて、おまえのことが頭から飛んじゃってたよ、ほんとごめんなって。そしたらあたしも、そっかぁ、ヒロくんが唄ってるのをはじめて見たとき、なんてキレイな目でキレイな声でキレイな歌を唄ってるんだろうって、ヒロくんを好きになっちゃったのとおんなじで、どうしようもなかったんだなって思って、黙ってでていけたんだよ」

途中から涙声になってしまった。自分が好きになった男がクズだったなんて、認めたくなかった。でも駄目だった。ピンクのキャリーバッグを引きずって、部屋をでていったはいいが、あまりに悔しくて、一度引き返し、ドアを開いて、「このクズ野郎っ」と怒鳴ってしまった。

こんなカタチで破局が訪れるとは思ってもいなかった。

ヒロは歌手だった。

はじめて彼を見たのは去年の冬だ。路上でキーボードの弾き語りライブをしていた。その姿に江津子は一目惚れ《ひとめぼ》れをして、ライブおわりに自分から声をかけた。そしてラーメンをふたりで食べ、ラブホに直行していた。どちらも江津子が払った。

そうして付きあってすぐ、ヒロが五人の音楽仲間とルームシェアをしていたが、ひとりになる時間がなく、自分の曲をつくれないと言いだした。ならばふたりで暮らそうと提案したのは江津子である。ただし自分の住まいはワンルームなので、2DKのアパートを探し、クリスマスイブに同棲をはじめた。名義はヒロだが、敷金礼金は江津子が払った。今月までの家賃もである。それだけではない。ついこのあいだは彼の自主制作CDのプレス代まで支払った。

俺、財布を持ち歩かない主義なんだよね。

ヒロはそう言うが、入れる中身がないのだから、財布が必要ないだけだった。もうひとつ、ヒロには主義があった。

きみと俺のあいだに、どれだけ薄くても隔たりがあるのが嫌なんだ。

かっこつけて言っていたが、要するにセックスにコンドームをつけないという主義だ。

俺さ、おたふくのせいで、子どもができなくなったんだよね。だから俺は子どもを残す代わりに歌を残したいと思ってる。

江津子がいない昼日中は、曲づくりに没頭していると言っていたが、はたしてどうだったのか、いまとなっては疑わしいものである。ああして女を連れこんでいた可能性が高い。この三ヶ月で新曲など聞かせてもらったことはないし、路上ライブだって二回きりだった。さらに言えば働いてもいなかった。

1Kから2DKに引っ越したせいで、当然ながら家賃はあがり、江津子はアルバイトを掛け持ちするようになった。それでもなんとかやってこられたのは、愛を信じていたからだ。

でも愛なんかなかった。

結果がこれだ。


ガラガラガラガラガラガラガラガラガラ。

行き場がない。両親を早くに亡くし、故郷には遠い親戚しかおらず、友達もいない。ともかくヒロからできるだけ離れたいと考え、電車をいくつか乗り継いで、辿り着いたのがこの町だった。

失敗したのは、ビジネスホテルくらいはあるだろうと思ったのが、どこにも見当らないことだった。しかもしとしとと小雨も降りはじめた。

すると商店街を抜けたところに、ぼんやりと看板の灯りが見えた。そのうしろには街灯に照らされた古ぼけた建物がある。宿泊施設かと思い、江津子は近づいていった。ちがった。教会だった。看板だと思ったのは掲示板だった。でもそこには〈どなたでもご自由にお入りください〉と書いてあった。

江津子はしばらく考えてから、玄関の前までいき、ドアに手をかけた。開いた。中を覗《のぞ》くと、オレンジ色の小さな照明がいくつか点いていた。ドアをさらに開いて入る。礼拝堂に間違いない。真正面には十字架が掲げられていた。

とにかく疲れた。ひとまず休ませてもらおう。

十字架にお辞儀をしてから、江津子は並んだ長椅子のいちばんうしろに腰をおろした。

「はぁぁあぁあっ」

大きく溜息をついた。瞼《まぶた》が重くてたまらない。ご自由にお入りくださいとはあったが、眠ってもいいものかなどと考える暇もなく、江津子は眠りに落ちていった。


ごめん、俺が悪かった。許してくれ。

ヒロがベッドの上で土下座をして謝った。

そうだよ。はじめからそうやって素直に謝っていれば、あたしだってピンクのキャリーバッグを引きずって、知らない町をうろつくことはなかったんだよ。

できれば許してやりたかった。しかしヒロは裸で、そのうしろにはやはり裸の女がいた。

全然反省してないじゃん。

するとヒロは裸で、掃除機をかけはじめた。反省を態度で示そうというのか。あり得る。江津子の機嫌を取るときに、ヒロは風呂を洗ったり、食事をつくったり、洗濯をしたりと家事をするのが常套《じょうとう》手段だった。裏を返せば、それだけなにもしないのである。日中は江津子よりも長く家にいながらだ。

その手にはもうノらないわよ。

しかしヒロは掃除機を止めようとしなかった。それどころか、どんどんこちらに近づいてくる。

許さない。ぜったい許さないからね。

「許さないって言ってるでしょっ」

江津子は叫びながら、起きあがっていた。

どこだ、ここは。

大きな窓から眩しい光が射しこんできている。ヒロと暮らす部屋ではないことだけはたしかだ。そう考えているうちに、昨夜の出来事すべてが頭の中に湧《わ》き起こってきた。江津子は礼拝堂の長椅子に座っていたのが、いつしか横になり、眠っていたようだった。

「す、すみません。いま止めます」十字架の下に立つ男性が、申し訳なさそうに言った。なにを止めるかと言えば掃除機だ。けっこう大きめで業務用のである。「もしかしたら起こしてしまうかとは思ったのですが」

「あ、あたしこそ、ごめんなさい」

江津子は立ち上がり、慌てて詫《わ》びると、男性が近づいてきた。詰襟《つめえり》の黒い服を着た彼は、ひとのよさそうな笑顔を浮かべている。年齢は三十歳前後といったところだろうか。

「こちらの神父さん?」

「牧師です。ミドウと言います。大阪の御堂筋の御堂です」

「き、昨日の夜、雨が降りだして、それであの、このへんビジネスホテルもないし、どうしようかと思ったら、ご自由にお入りくださいと、表に書いてあったので」

「お役に立てて光栄です」

「お、お邪魔しました」

「どこか行く当てはおありなんですか」

御堂が呼び止めるように言った。

「いえ、あの、とくには決まっていなくて」

うっかりほんとのことを言ってしまう。

「よろしければ朝食をお食べになっていきませんか。というか、ぜひ食べていってください。じつはその、卵がひとりでは食べ切れないほどありまして」

「卵、ですか」

昨夜、ヒロに投げつけた買い物袋からでて、床に落ちた卵パックを思いだす。いくつか割れていたが、あのあとどうしただろう。いっしょにいた女にオムレツでもつくってもらい、食べてしまっただろうか。

「そうなんですよ。明日、イースターでして。あ、ご存じですか、イースター？　復活祭とも言うのですが」

「聞いたことはありますが詳しくは」

「キリストの復活を祝うお祭りです。クリスマスはクリスマスツリーですが、イースターはイースターエッグを飾ります。卵に顔を描いたり、色を塗ったり、リボンやビーズなどでデコレーションをして、あちこちに飾らなければならないのですが」

　御堂は眉間《みけん》に皺を寄せる。

「なにか問題でも？」

「卵の中身を空《から》にしなければならないんですよ。それがなかなか手間でして。昨晩、ひとまず卵を一パックやってはみたんですが、どれも割れてしまいましてね。もともと手先がブキッチョなんです、ぼく」

　わかりますと江津子は喉元まででかかった。見た目からしてブキッチョそうだった。手先だけでなく生き方もである。そういった意味では、ヒロとは正反対のキャラだと言えた。

「どうやって中身を取りだすんですか」

「卵にフォークで穴を開けましてね。そしたら菜箸《さいばし》を入れ、殻の中で黄身を崩してだします。ぼく、フォークの段階で失敗しちゃうんですよ。そこが上手《うま》くいっても、菜箸を入れてかき回しているうちに、割っちゃうこともあります」

「よかったら、あたし、お手伝いしましょうか」

「え?」

「あたしもけっして器用なほうではありませんが、一晩泊めていただいたお礼に」

「ほんとですか。それは助かります。なにしろひとりでやって失敗を繰り返していると、気が滅入るばかりだったので。ぜひお願いします」


ここは礼拝堂の隣にある集会所だ。学校の教室ほどの広さで、テーブルがいくつか並べられ、奥にはコンロやシンクもある。

「こちらにお座りください」

御堂に促され、座った席の前には、卵パックが十個ほど積まれていた。

「この卵をぜんぶ?」

「はい。ちょっとやってみせますね」

テーブルを挟んで江津子の正面に腰をおろしてから、御堂は右手にフォーク、左手に卵を持つ。そしてステンレスのボールの上で、フォークの先のひとつで、卵のおしりをとんとんと叩《たた》きだす。顔は真剣そのものなのだが、ブキッチョなのが丸わかりという動きに、江津子は危うく笑いだしそうになった。案の定、十秒もしないうちに、卵はぐしゃりと割れてしまった。

「なんで駄目なんだろうなぁ」

「爪楊枝ってあります？」

「え？」

「爪楊枝のほうがうまく穴が開けられそうだなって」

「あります、あります。いま持ってきますね」

御堂が持ってきた爪楊枝を受け取ると、江津子は卵のおしりを軽く叩いてみた。もっと力を入れたほうがよさそうだ。

「穴ってどのくらいの大きさだったらイイですか」

「さきほど言いましたように、菜箸が入るくらいで」

とんとん、とんとん。あまり強く叩くと割れそうだ。しかしいまのままでは、ヒビさえ入らない。そこで江津子は叩くというよりも突いてみることにした。

「ハッ」

思わず声がでる。すると爪楊枝は見事、卵の殻を貫通していた。そっと引き抜き、それから少し力を加減して軽く叩き、徐々に穴を広げていく。

「うまい、うまい。イイ感じですよ。なかなかたいしたもんです」

できた穴に菜箸を入れ、黄身を潰《つぶ》して中身をかきだした。

「素晴らしい。完璧《かんぺき》です」

「ありがとうございます」

「ぼくもやってみます」

御堂は爪楊枝で卵のおしりをとんとんと叩く。そして「ハッ」と声をだしたかと思うと、さきほどの江津子と同様、爪楊枝は殻を通り抜けていた。

「できました。ハッがよかったみたいです」

そうだろうかと思いながらも、無邪気に笑う御堂を、否定する気にはならなかった。さらにお互い五、六個つづけざまに「ハッ」「ハッ」と掛け声をかけながら、やってみたところ、いずれもウマく穴を開けることができた。

「おっと、そうだ。朝食をご馳走《ちそう》する約束でしたね。卵焼きくらいしかできませんが、いま、つくってきます」

「あたし」腰を浮かせた御堂を、江津子は引き止めるように言った。「つくります。料理だけは得意なんです」

とは言っても卵以外そこにあった食材は、パンと牛乳、それに調味料だったので、江津子はフレンチトーストくらいしかつくれなかった。それでも一男は「うまい、うまい」と瞬《またた》く間に平らげた。

「これ、作り方を教えてください。明日のイースターにいらした方達みんなに振る舞いたいので」

「作り方だなんて、卵と牛乳、それに砂糖を混ぜ、パンに浸《ひた》して、バターをひいたフライパンで焼くだけです。あ、でもほんとは一晩浸したほうが、パンの中まで染みこんで、さらにおいしくなります。ちなみに明日は何人くらい、いらっしゃる予定ですか」

「そうですねぇ。出入りはありますが、延べにすると百人前後かと」

江津子の想像より、だいぶ上回った数だ。

「明日は何時からです？」

「昼過ぎからですが」

「明日だす料理も、あたしがおつくりしましょうか。卵が中心で、みんなが手軽に食べられるモノがいいんですよね」

「はい。いえ、でも」

「つくらせてください。お願いします。ひとりでも多くのひとのために役立ちたいんです」

「そ、そうですか。そこまでおっしゃるのであれば。でもまずはイースターエッグをつくりましょう」

「はいっ」

江津子は元気よく答えた。


卵は中身を抜いたら、水ですすいで乾かし、ペイントやデコレーションをおこなう。その作業中、江津子は心がウキウキして、楽しくてたまらなかった。絵は得意ではない。それでもだ。

ヒロとつきあっていた頃は、というのはほんの十時間前だけど、ヒロのことばかりを考えていた。でもいまはちがう。呪縛《じゅばく》から解き放たれ、清々《すがすが》しい気分だ。なんだったらヒロを寝取った女に感謝の言葉を送りたいほどだった。

卵の上で筆を動かしながら、改めて御堂を見た。太くてやや垂れ気味の眉、眠たげな目に低い鼻、顔ぜんたいに凹凸がなく、口元にホクロがあるのもなんだかダサい。

面食いの江津子にすれば、はっきりいってタイプではなかった。でもいっしょにいて心が和んだ。生まれついてのキャラなのか、それとも牧師という仕事柄のせいかもしれない。いずれにせよ、いま自分に必要なのは、このひとだと思えてならなかった。

「この町に住むとしたら、どのへんがいいでしょう?」

「信徒の方で不動産屋さんがいらっしゃいます。なんでしたらご紹介しましょうか」

「助かります。できれば部屋が決まるまで、こちらでお世話になってよろしいでしょうか」

「え?」

「駄目ですか」

「だ、駄目ではありませんが、ぼ、ぼくはその、裏にある家に暮らしていまして」

「牧師さんや家族の方にご迷惑をかけることはしません」

「いえ、あ、あの、ぼくは独り身で一人暮らしでして」

「牧師さんはカノジョをつくったり、結婚したりしちゃ、いけないんですか」

「そ、そんなことはありません。この歳《とし》まで独り身なのは、ただ単にモテないだけです」

「ああ」

「ああって納得しないでください」

「ははは。すみません。できるだけ早く住む場所を決めます。かかっても一週間くらい」

「わ、わかりました」

「それと」

「まだなにか」

「どうです？」

江津子はひとの顔を描いたイースターエッグを、御堂に見せた。

「ん？　だれですかそれ」

「牧師さん」

「ぼく？」

「似てません？」

「そんなカワイイ顔していますか、ぼく」

「あたしにはこう見えます」

4

病室のドアを開くと、ひかりは数人の看護師達に囲まれ、楽しそうに笑っていた。入院前に比べたら頬はこけているし、帽子に隠された頭はまだ髪の毛が生え揃っていない。でもベッドに横たわってはおらず、服は患者衣ではなく、白のワンピースだ。昨日、一男が持ってきた江津子のお古である。

「御堂さん、おめでとうございます」「娘さん、がんばりましたね」「お父さんも大変だったでしょう」

看護師達の声に、一男はペコペコと頭を下げる。そしてようやく、ひかりの前まで辿り着いた。

「よくがんばった」

すると看護師達から拍手が起きた。できればひかりを抱きしめてあげたかったが、嫌がるのは目に見えているのでやめておいた。それに痩せ衰えた娘は、少しでもきつく抱きしめたら、ぽきりと折れてしまいそうだったのだ。

ひかりにすれば父親などよりも上原をはじめ、クラスメイトの仲間にきてほしかっただろう。しかし平日の昼間なので、生憎《あいにく》そうはいかなかった。

結局、イースターに参加できず、それどころか夏を越し、いまや秋を迎えている。礼拝堂で倒れてから九ヶ月も経っていた。

「あ、御堂さん」

病室に若い男性が入ってきた。先日、主治医の青木に研修医ですと紹介されている。見た目に問題はないが、話し方や仕草が軽薄というか、チャラい。バイト先の一ノ瀬と似たタイプなのだ。

「青木先生からお話があるそうで、ちょっときてもらっていいですか」

なんだろう。

嫌な予感がよぎる。でもひかりの手前、一男はその気持ちが顔にでないように注意しながら、研修医のあとをついていった。


「退院おめでとうございます」

診療室に入るなり、青木がそう言って出迎えてくれた。

「先生のおかげです。ほんとにありがとうございました」

「いえいえ。ひかりさんのがんばりがあっての結果です。クリーンルームにひとりぼっちでいても、へこたれずにワガママを言うこともなく、私や看護師の言うことを守っていました。ウチの病院では、ちょっとした人気者でしたよ。私が回診のときは、いつも聖書について、教えてくれました。なかなか面白くて、ためになりましたよ。アダムとイブが食べた禁断の実がリンゴだとは、聖書には記されていないとか、聖書に犬は何度もでてくるけど、猫は一度だけだとか」

　リンゴや猫のことは一男が説教の冒頭、いわゆる〈つかみ〉に使った話だ。

「神様はイジワルだという話も聞きました。なにかにつけて人間に試練を与える。中でもいちばんヒドい目にあったのはヨブというひとだそうですね。神様がヨブほど信仰心の厚い人間はいないと自慢したせいで、ヨブは悪魔に散々ヒドい目にあわされてしまうそうで」

　旧約聖書のヨブ記だ。これもまた一男が何度か、説教で話したことがある。礼拝のとき、ひかりはオルガンの席でつまらなそうにしていたが、自分の話をきちんと聞いて覚えていたのかと、一男はちょっとうれしかった。

「繰り返しになりますが、今後も定期検査が必要です。五年、再発がなければ完治と言えます」

「わかりました」

「先日、お父さんの骨髄の型がひかりさんのものと適合するか、検査させていただきましたよね」

「骨髄移植が必要になったときのためにと」

「はい。ただ結論から申し上げますと、適合しませんでした。適合率自体低いので」

「そうですか」

一男は少なからずがっかりした。適合すれば、たとえ再発しても、すぐに娘を助けることができるからだ。

「血の繋《つな》がりがなければ、適合しないほうが当然です。仕方ありませんよ」

研修医に慰めるように言われ、一男は戸惑いを隠し切れなかった。

血の繋がりがなければ、とはどういう意味だ？

資料らしき書類を見つつ、研修医はこうも言った。

「娘さんは奥さんの連れ子なんでしょう」

なにを言いだすのだ、この男は。

「そんなことはありません」

一男はすかさず否定する。だれかべつのひとと間違えているのだろうか。

「莫迦っ」青木が研修医から書類を奪うように取りあげた。「おまえ、なに勝手なこと言ってんだ」

「え、だって」

「医者がそういった立ち入ったことを」

「待ってください。なんで彼はひかりを連れ子だなんて、言ったんです？」

「それは」青木の目が泳いでいる。「彼はまだ研修中でして、医師としての常識がわかっていないというか」

青木の手元の書類に、自分の名前が記されているのが見えた。他人と間違えているのではないようだ。

「その書類になにが書いてあるんです？　見せてもらってもいいですか」

「なんでもありません。どうぞお気になさらず」

青木は慌ててそれを背中に隠す。一男は立ちあがり、彼のうしろに回りこもうとする。だができなかった。研修医が立ち塞《ふさ》がったのだ。

「ほんと、なんでもないんですよ。すみません」

そう言いながら、研修医はひどく気まずそうな表情になっている。

「青木先生っ」気づけば声を荒げている自分がいた。だが一男はもう抑えることができなかった。「はっきりおっしゃってください」

数秒、部屋がしんと静まってからだ。

「きみ、そこ、どいて」

「でも」

「いいから。御堂さんは椅子に座っていただけますか」

一男は言うとおりにした。青木の目はもう泳いでいない。覚悟を決めた面持ちだ。

「じつは白血球の型を見るかぎり、御堂さんと娘さんのあいだに、親子関係が確認できなかったのです」

青木の言葉を理解するまで、一男は少し時間がかかった。

「ぼくはひかりの父親です。ひかりの出産にも立ち会っています。とても時間がかかって、大変な難産だったんです」

「その後、よその子と取り違えたとかいう可能性は」青木が言う。

「ないです、ないです。生まれてすぐ、足の裏に名前を書かなくていいのかと看護師さんに訊ねたら、最近はリストバンドを付けるんですって。だからぼく、この子の名前はひかりですと言いました。そしたら、ここにはお母さんの名前を書くんですよ、だけどひかりってぴったりだと思います、と看護師さんが言ってくださって」

言葉をつづけられなくなった。真正面から見つめる青木は、一男になんと声をかけたらいいものか、迷っているようだった。同情を寄せているようにも見える。

「ま、待ってください。そしたら妻は、べつの男と？　そんなことあるはずが」

言葉がつづかない。

「だいじょうぶですか、御堂さん」

はい、と短い返事もできない。

ひかりの許へ戻らねば。そう思い、立ち上がろうとする。だが足に力が入らず、目の前の青木に覆い被さるように、前のめりに倒れてしまった。

「御堂さん、しっかりしてくださいっ。御堂さんっ」


一男は江津子の過去を知らない。

十数年前のイースター前日、礼拝堂で眠っていた以前、どこでどう暮らしていたか、さっぱりわからない。結婚すると決めたのは出逢って三ヶ月後だった。それと言うのも、江津子が妊娠をしたからだ。出逢って一週間後には、そういう関係になっていたのである。牧師ができちゃった婚というのも、しまらない話ではあるが、信徒達は祝福してくれた。

結婚式の際、新婦側の出席者がゼロだった。それでも信徒達ばかりの新郎側は、それについてとやかく言うひとはいなかった。陰では言っていたかもしれないが、一男と江津子の耳には入ってこなかった。

ひかりは十二月十四日生まれだ。はじめて江津子と結ばれた日から数えて八ヶ月半である。十月十日には足らないように思えたが、医者に早産だと言われたという江津子の話を一男は鵜呑《うの》みにしていた。実際、ひかりは生まれたとき、二千二百グラムと小さな赤ちゃんだった。

それに血液型は江津子がA型、一男がO型、ひかりもO型だ。ひかりが自分の子ではないかもなんて、今日の今日まで疑ったことなど一度もない。

さらに言えば一男とひかりは目元がよく似ていると、信徒達に昔から何度となく言われてきた。顎《あご》のラインや耳のカタチが似ているると主張するひともいれば、天然なところがそっくりと言うひともいた。

白血球の型？　なんだよ、それ。そんなもんで、ぼくとひかりが親子じゃないなんて、決めつけないでくれ。だったらこの十四年間はなんだったというのだ？

「ただいまぁ。あぁぁ、やっと帰ってきたぁ」

ひかりは家に入ると、リビングにいき、ソファにどさりと座りこんだ。

「やっぱ家がいちばん落ち着くよぉ」

「なんか飲むか」

「いいよ、自分でやる。病人扱いされるのも、いい加減飽《あ》きたよ。それにしてもお父さん、えらいじゃん」

「なにが」

「家ん中が片付いてる。もっと散らかってると思ったのに、やればできるじゃん。これだったら私がいつお嫁にいってもやっていけるね」

「まだ先の話だろ」

「たしかに。おっと、いけない」ひかりはソファから立ちあがる。「お母さんにただいま言ってなかった」

　ひかりは立ち上がり、飾り棚にある江津子の写真に手をあわせた。そしてその隣の籠に入れたイースターエッグに顔を近づける。

「お母さんが描いたこの似顔絵、特徴をよく捉えているよね」

「そっか？」

「そうだよ。お父さんの中身までわかる感じするもん」

それだけ言うと、ひかりは二階にあがり、自分の部屋に入っていった。一男は娘のいた場所に移り、江津子の写真を横目で見ながら、イースターエッグを手に取る。

そんなカワイイ顔していますか、ぼく。

あたしにはこう見えます。

「あっ」

しまった。

「どうしたのぉ、お父さん？」

二階から娘が訊ねてきた。

「い、いや、なんでもない」

つい力が入ってしまい、江津子が描いたイースターエッグを割ってしまった。この十五年、あれほど割らないようにと注意に注意を重ねていたのに。

「金返せよっ」

「いえ、ですからお客様、さきほどから繰り返し申し上げているとおり、この箇所は元から傷がありまして、錆《さ》びてこびりついている状態なんです」

ひかりが退院して数日後だ。ガソリンスタンドのバイト中、洗車のあと、客が難癖をつけてきた。一男がなにを言おうとも、まるで取りあってくれない。それどころか怒りをヒートアップさせていくばかりだ。理不尽な客は、これまでにも何人も遭遇しているので、対応の仕方はわかっているはずだった。でも今回ばかりはどうしたことか、ウマくいかなかった。

「知らねぇよ。ってか汚れ落ちなかったら、金いらねえって言ったよな。なぁ、おい。嘘《うそ》ついてんじゃねぇぞ、こら」

試練だ。これも試練にちがいない。

一男は自分に言い聞かせてから、おもむろに立ち上がると、バケツとスポンジを持ってきて、汚れの部分を磨きはじめた。

「あ、あの、どうしたんスか」

一ノ瀬が走ってきて、客に声をかけた。

「どうもこうもねぇよ。洗車頼んだのに汚れが落ちてねえんだよ。なのにこのオッサンが言い訳すっから、金返せって言ったんだ」

「申し訳ないッス。いまあの、店長呼んできますんで」

「このオッサンが店長じゃねぇの？」

「あ、はい。バイトの者で」

「どこでも仕事ができずに、会社を転々として、ここでバイトしてんだろ。駄目なヤツはとことん駄目だな。オッサン、もういいよ。つうか、そんな力いっぱい擦《こす》ったら、却《かえ》って傷がつくじゃんかよ。おい、やめろって。やめねえか」

客の声が聞こえてはいる。一男自身、こんなことをしてどうするのだとは思う。だが手が止まらない。

「御堂さんっ」

一ノ瀬がうしろにまわってきたかと思うと、羽交い締めにされた。抵抗を試みたが、できなかった。華奢《きゃしゃ》なくせに、一ノ瀬の力は強かった。

「お客様ぁ」店長の米山があらわれた。「申し訳ございません。どうぞこちらへ。お話をゆっくり聞かせていただきますので」

「ったくよぉ」

客が自分を一瞥《いちべつ》して、去っていく。なにか化け物でも見るような目つきだった。

いや、悪魔か。

「らしくないッスよ、御堂さん」一男から手を放しながら、一ノ瀬が言った。「どうしちゃったんスか。娘さん、病気が治って、退院してきたんスよね。なのにここ最近、オカシイっスよ。さっきも給油がおわってんのに、ノズル差したまま、ぼんやりしてましたよね。なんかあったんスか」

「いまはなにも。でもずっと昔にあったんです」

「なに言ってんスか。マジでどうかしちゃったんスか」

「うん、ああ。ごめん」

そのとき一ノ瀬のむこうに知りあいが見えた。赤い帽子を被ったチューさんが一男を見ていた。


「おぉい、神父」

バイトをおえたあとだ。自転車で商店街を抜けようとした手前で、チューさんの声が聞こえてきた。振り返れば買い物袋をぶら下げて、彼が近づいてくるのが見えた。

「神父じゃありません、牧師です」

「わかってるって」

「わかってるなら」

「奢《おご》ってやるよ」チューさんは一男の言葉を遮り、買い物袋を持ち上げ、自慢げに見せた。「酒とつまみ、買ってきたんだ。いっしょに呑まねぇか。さっき財布を拾ってよ、中を見たら万札がびっしり入っていて」

「そういうのは警察へ届けるべきです」

「冗談だって。雑誌を売って貯めた金だ」

「でしたら今後の生活資金に」

「ひとが奢るって言ったら、ゴチになりますって一言言えばいいの。俺だってたまには、ありがとう、ごちそう様って言われてぇんだよ。な？　いこいこ」

「いこってどこへ？」

「そりゃ俺のマイハウスだよ。敷金礼金ゼロ家賃ゼロ、風呂トイレなし冷暖房なし、厳選した段ボール箱とブルーシートで匠《たくみ》がつくりあげた別名ガード下ハイツさ。ははは」

「でもひかりが夕飯つくって待っているので」

「そのひかりちゃんに頼まれたんだ」

「え？」

「今日の夕方、雑誌を売ってる俺んとこにきたんだ。友達を四、五人引き連れてな。そのうえ全員が、雑誌を買ってくれたんで大助かりさ。それで私が退院してきたのに、お父さんがイマイチ元気ない、お母さんがつくったイースターエッグを割ってしまったのが原因かもしれない、励ましてくれないかって。さっきガソリンスタンドへ様子を見にいったら、元気がないどころかヤバそうだったからよぉ。ひかりちゃんには、九時頃までに帰してほしいとも言われているんだ。ささ、いこ。な？」

　ほんの二、三杯つきあったら、お暇《いとま》しようと思っていた。しかし四リットル千五百円というペットボトルの焼酎《しょうちゅう》を、チューーさんに注《つ》いでもらい、紙コップでイッキ呑みしたところ、五臓六腑《ごぞうろっぷ》に染み渡り、気づいたら立てつづけに三杯呑んでいた。

　ガード下の一角にあるチューーさんの住まいは雨風を凌《しの》げるだけでなく、生活していくのに必要なものはほぼ揃っており、思った以上に居心地がよかった。頭上で電車が行き交い、音だけでなく振動も凄《すご》かったが、呑んでいれば気にならなくなった。

「いやぁ、もうサイコーッ。こんなに呑んだのはひさしぶりです」

「ほら、どんどん呑め」

「すいませんねぇ、チューーさん。たくさんいただいちゃって。イイひとだなぁ、チューーさんは」

「いまごろ気づいたのかよ。ほら、このするめいか。ちょうどいい具合に焼けたぜ」

　卓上コンロに網を載せ、焼いていたのだ。

「ありがとうございます」

「でもよかったなぁ、ひかりちゃん。九ヶ月も闘病生活をして、あの小さな身体でよくがんばったよ」

「はい。でもまだ完治していません。再発の可能性も残っていて」

「それで不安で元気がないのか？」

「いやまあ」

一男は危うく〈白血球の型〉の話をしかけ、焼酎といっしょにごくりと呑みこんだ。

「いまから話すことは他言無用だ。いいか」

チューさんが突然言った。一男は戸惑いながらも「わかりました」と答える。

「俺はな。昔、フリーのカメラマンだったんだ」

「大工さんじゃなかったんですか」

「カメラマンとして食えるまで、大工をしてたんだ。戦闘や紛争が起きている地域に潜りこむのが得意で、実力も認められていた。いくつか賞を獲《と》り、個展を開いて写真集も出版したことがある。世界中のあらゆる場所で、危険な目にはいくらでも遭って、死にかけたこともあった。そりゃそうだ、そういう場所を選んで、わざわざ自ら出向いていたんだから当然だ。それが使命だと思っていた。というのは半分ほんとで半分は嘘だ。金を稼いで、自分の名をあげたいという気持ちも強かった」

訥々《とつとつ》と語るチューさんを見ているうちに、一男は自然と背筋がまっすぐになっていった。姿勢を正さないと申し訳ない気がしたのだ。

「二十代前半で結婚をして、子どももいたが、家族を省《かえり》みることはなかった。妻もそれを許してくれた。いや、そう振る舞っていただけで、本心は遂に聞かずじまいだった」

　そこでチューさんは焼酎を啜った。それまではウマそうに呑んでいたのに、苦虫を嚙《か》み潰したような顔つきになっている。

「いまから十年ちょっと昔のことだ。中東のある町にいたとき、フランス人の特派員が俺のところに駆け寄ってきて、おまえは日本人かと訊ねてきた。そうだと答えると、おまえの国で大変なことが起きていると言うんで、俺は危うく笑いそうになったよ。なにせその町では昼夜問わず空爆があったからね。これ以上大変なことがあるものかと思った。ところがそんな俺に特派員は真顔でこう言ったんだ。日本でマグニチュード9の地震が起きた、家族に連絡したほうがいいと」

「そのとき家族はどちらに？」

　一男は訊ねた。訊ねないではいられなかった。チューさんは東北の、太平洋側にある町の名前を言った。一度も足を運んだことのないその町を、一男は知っていた。テレビや新聞、ネットなどで報じられているのを、繰り返し見たり聞いたりしたからだった。

「帰国したのは半月後だ。家族の身になにが起きたのか知るまで、さらに一週間かかった。それからというもの、カメラのシャッターが切れなくなっちまった。被写体にレンズを向けることすらできなくなり、遂にはカメラだけじゃなくて仕事道具一式を友人に譲って、カメラマンを廃業した」

紙コップに残っていた焼酎を一口で飲み干すと、チューさんはさらに手酌で注いだ。

「ここで倒れていた俺に、あんたが話しかけてきたのはいつだ？」

「かれこれ七年が経ちます」

「そうか。だとしたら、その前の三年くらいは、自分がどこでなにをしていたか、記憶がさだかじゃないんだ。でもひとつ、たしかなのは」チューさんは一男を上目遣いで見た。「ただひたすら神を恨みつづけていた」

ごくりと一男は唾を飲みこむ。

「あんた、奥さんを交通事故で亡くしているんだよな」

「え、ええ」

「娘さんは大病を患い、治ったとは言え、再発の可能性がある。それでもなお、あんたは神様を信じるのか」

一瞬ためらいながらも、一男は「信じます」と答えた。

「それは神父、いや、牧師さん、職業上そうじゃないといけないからか」

「ちがいます」

今度は即答できた。すると旧約聖書ヨブ記の一節が脳裏をかすめていく。

〈わたしがあなたに向かって叫んでもあなたは答えず、立ち上がってもあなたはそっぽを向いておられる〉。

この〈あなた〉とは神様のことだ。

「すまん」チューさんは頭を下げた。「神に仕えるあんたを困らすような質問をしちまった。許してくれ」

「いえ、そんな」

「俺は神様を信じちゃいない。でもあんたは信じているんだ。あんたのおかげで俺は少しずつ生きる希望が見えてきたし、雑誌売りの仕事もするようになった。感謝の言葉もないさ。だからあんたには俺みてぇな思いはしてほしくねぇって、勝手に思っている。あんなにないがしろにしていたのに、亡くしてから気づいたんだ。もっと家族を大事にしてやればよかったってな。結局、俺は自分のことばかり考えていた」

「ぼ、ぼくもです」

「なに言ってんだ。あんたは信徒のことを考えているし、なによりも娘さんのことをいちばんに考えているじゃねぇか」

ひかりの本当の父親を知るのが怖い。しかしわからないままだったら、白血病が再発したときに、ひかりは助からないかもしれないのだ。

それでも踏ん切りがつかず、ひかりの本当の父親を捜そうともせず、一男は鬱屈《うっくつ》とした日々を暮らしていた。ただし心配させまいと、娘の前ではことさらに明るく振舞い、バイト先のガソリンスタンドでも、人一倍大きな声をだして、仕事に励んだ。

ひかりの容態が良好ということもあった。抗がん剤の副作用のために坊主頭だったが、冬に入るとウィッグがいらないくらい髪が伸びてきた。

十五歳の誕生日を無事に迎え、クリスマスイブ礼拝は、今年も参加し、オルガンを弾いてくれた。それはでも、上原をはじめ、なかよしの五人が教会にきてくれたからだろう。イイところを見せるつもりか、例年よりもじょうずに演奏していたくらいだ。

しかもひとりで受験勉強を進めている。塾でも通ったらどうだと勧めてみたものの、わざわざ通わなくてもできる、それに毎月ギリギリなんでしょと言われてしまった。

毎月の定期検査もとくに問題はなかった。しかし毎日、落ち着かない。家でいっしょにいるときはまだしも、娘が中学にいっている最中は気が気でない。家電でも携帯でも電話が鳴ると、ひかりの身になにかが起きたのでは、と身体を震わせてしまう。退院して半年も経っていないのに、もうぐったりだ。完治するまで残り四年半以上、気持ちを保つのは厳しいかもしれない。それに娘が目指す高校は家からやや遠い。電車とバスを乗り継いで一時間はかかる。となるといっそう心配だ。不安を拭うためにも高校にあがる前までには、実の父親を捜したほうがいい。青木先生の話ではドナーの提供者が、移植する本人に知らされることはないという。つまり、ひかりの耳には入らない。

江津子がべつの男と関係を持っていたことには、どうしても気持ちの整理がつかない。しかしそんなのは二の次ではないか。

自分にそう言い聞かせ、一男が決意をしたのは二月のなかばだった。

〈長崎《ながさき》探偵事務所　所長　長崎亮太《りょうた》〉

受け取った名刺には、そう記されていた。

二つ先の駅の北口前のパチンコ屋の二階には、間違いなく探偵事務所があった。いわゆるウナギの寝床のようなスペースにデスクがひとつだけ、奥が上がり框《かまち》で畳が二帖、そこにこたつが置いてある。なぜか入口のドアは十センチほど開いていた。一男が入って閉めようとしたら、開けといてくださいと言われ、いまもそのままだ。

ちなみに旦那さんが浮気をして、ここに依頼しようと息巻いていた信徒さんは、後日、自分の勘違いだったと一男の許へ詫びにきた。先生のおっしゃるとおり、あのひとを信じてよかったと礼を言い、実家から送ってきたというミカンを一箱くれた。ひかりとふたりで食べ切れる量ではないので、炊きだしの際に配った。

「浮気調査ですね」長崎が言った。彼の手にはいましがた一男が書きおえた申込書がある。「八年も前に亡くなった奥さんの」

「浮気調査だなんて、とんでもない。よくお読みください。交友関係を調べてほしいだけです」

「でも男性中心とお書きになっている」

「それは」ウマい言い訳が思いつかず、一男は黙ってしまう。

「再婚は？」

「していません」

「お子さんがいらっしゃいますね。年齢は十五歳、性別は女」

「どうしてそれを」

　長崎は四十歳前後、髪はくしゃくしゃで目はしょぼしょぼ、何度もアクビを繰り返し、コーヒーをがぶがぶ飲んでいる。一男がここを訪れてからすでに三杯目だ。口元から顎にかけて生えているヒゲは、無精なのかオシャレなのかわからなかった。ひとのことをどうこう言える容姿ではないが、目の前の探偵は冴えない中年男性である。こんな男に依頼して平気だろうかと不安になっていたところに、娘がいることを言い当てられ、一男は少なからず動揺した。

「交友関係の調査を十六年前の一月から三月にかけての三ヶ月間と期間を限定しています。つまりその頃、亡くなった奥さんが、自分とはべつの男性と関係を持ち、娘はそのときにできた子ではないかと疑っているのでしょう？」

「そのとおりです。見事な推理だ」

「推理ではありません」長崎は鼻で笑った。「似たような依頼をいくつも受けているからですよ。よろしければＤＮＡ鑑定もします。別料金になりますが」

「娘だとわかったのは」

「再婚をなさっていないのに、身だしなみがきちんとして清潔感がある。息子とふたり暮らしだと、男同士という気の弛《ゆる》みがあるので、そうはならんもんです」

なるほど。

「で？　依頼される身が言うことではありませんが、せっかく奥さんが墓場まで持っていった秘密を暴くのはどうかと思いますが」

「ぼくもおなじ意見です」

「じゃあ、なんで？」

一男は言葉を詰まらせ、ふたたび黙ってしまった。やはり真実を知るのが怖いのだ。しかし知らなければ、ひかりが再発したときに救うことができない。それでも迷っている一男に、長崎がこう言った。

「あなたは聖書をお読みになりますか」

牧師ですのでと身許をバラす前に、長崎は言葉をつづけた。

「エゼキエル書第二十五章十七節。されば心正しき者の行く道は、心悪しき者の利己と暴虐によって、行く手を阻まれるものなり。愛と善意の名によりて、暗黒の谷より弱き者を導きたる彼《か》の者に神の祝福あれ。なぜなら彼は兄弟を守る者。迷い子達を救う者なり。主なる神はこう言われる。我が兄弟を滅ぼそうとする悪しき者達に、私は怒りに満ちた懲罰《ちょうばつ》をもって、大いなる復讐を彼らになし、私が彼らに仇《あだ》を返すそのとき、彼らは私が主であることを知るだろう。迷い子達を救う者こそ、この俺で」

「ちがいます」

「え？」

「それって『パルプ・フィクション』で、殺し屋役のサミュエル・L・ジャクソンが、ひとを殺すときに言った台詞《せりふ》ですよね」

「よくご存じで」長崎はばつの悪そうな顔になる。

「映画の中でもエゼキエル書二十五章十七節だと言っています。だけど最後のほうしかあっていません。それも厳密にはちがいますが」

「だったら最初のほうは」

「ぼくが調べたかぎりでは、どうやら千葉真一主演の映画の冒頭にでてくる言葉のようです」

「どうしてそんなに映画に詳しいんです？」長崎が訝《いぶか》しそうに訊ねてきた。

「詳しいのは映画ではなく聖書です。毎週、日曜には聖書について話をしています。いまの話もそのとき使ったことがあります」

「それじゃ、神父さん？」

「牧師です。ただ『パルプ・フィクション』は好きな映画の一本です。ジョン・トラボルタのダンスを踊ることもできます」

「こういうヤツですね」

長崎はチョキにした右手を横にして、顔の前で移動していく。まさにそれこそ『パルプ・フィクション』で、チャック・ベリーの『ユー・ネヴァー・キャン・テル』にあわせ、ユマ・サーマン相手にジョン・トラボルタが踊るダンスのさわりだった。

「そのとおりです」

「面白い牧師さんだな。気に入りました。調査費をいくらか値引きしますよ」

「あなたはほんとに、迷い子たちを救ってくれるのですか」

「そのつもりで探偵をやっています」長崎は姿勢を正し、一男を真正面から見据えてきた。しょぼしょぼだった目が鋭くなっている。「よかったら詳しいお話を聞かせていただけますか」

一男も長崎を気に入った。ジョン・トラボルタのあのダンスを知っているひとに、悪いひとがいるとは思えなかったからだ。

十数年前、イースターの前日、江津子が教会で眠っていたところから話をはじめた。江津子はイースターエッグをつくってくれただけでなく、イースターの催しも手伝ってくれた。集まった信徒達とは瞬く間に親しくなり、その夜は古くから信徒である女性の家に泊めてもらっていた。

そしてつぎの日からは、おなじく信徒の不動産屋の紹介で、おなじ町内にある敷金礼金ゼロの１Ｋのアパートに暮らしはじめ、さらに数日後、リサイクルショップで働きだし、日常に必要なモノはその店から安く譲ってもらっていた。最初からそれが狙いだったらしい。

出逢って三ヶ月後、江津子が妊娠しているとわかり、結婚を決めた。ただし結婚式を挙げたのはさらに三ヶ月後で、新婦側の出席者がいなかったことも話した。

「奥さんと関係を持ったのは、いつですか」

長崎は単刀直入に訊ねてきた。

「出逢ってから一週間後、夕食を食べにきませんかとアパートに誘われました。そのときに」

「娘さんの誕生日は？」

「十二月十四日です」

「イースターって移動祝日でしたよね。その年は」長崎はスマートフォンの画面を幾度かタップした。「四月十六日か。前日に出逢って一週間後だと四月二十二日。八ヶ月足らずでお子さんが生まれたことを妙だとは思わなかったんですか」

「早産だと妻が言ったので」

「医者からは？」

「妻が医者に言われたと。娘は生まれたとき、二千二百グラムしかありませんでしたし」

長崎は腕組みをして、あらぬ方向を見ながら「うぅん」と唸《うな》っている。

「どうしましたか」

「いえね。奥さんはわかっていたのかなと。つまりその、娘さんがあなたの子どもじゃないってことをです」

「え？」

「お腹《なか》の中に子どもがいながら、相手の男と別れてしまい、すべてを失ってしまった。そこにちょうど心優しい男性があらわれた。身許ははっきりしているし、持ち家もある。贅沢はできないかもしれないが、共働きならばなんとかやっていけそうだ。そこまで考え、子どものことを疑われないよう、早々に関係を持った」

「そんなことありません。ぼくは江津子を愛し、江津子もぼくを愛していました。そんな打算的な考えで、ぼくと結婚したなんてあり得ません」

「落ち着いてください。っていうか興奮させた俺がいけませんでしたね。申し訳ない。謝ります」

「い、いえ」長崎に丁寧に詫びられ、一男は冷静さを失った自分を恥じた。「ぼくのほうこそ、すみません」

「いまのお話からすると、あなたは生前の奥さんを一度も疑ったことがない？」

「ありません。あ、でも」

「なにか？」長崎は身を乗りだしてきた。

一男くん、聞いて。あたし、あなたに謝らなければならないことが。

泣きじゃくる江津子の声が耳の奥で甦《よみがえ》る。一男は鼓動が激しくなり、息苦しくなってきた。

「どうしました？」

「い、いいえ。なんでもありません」

長崎は無言で立ちあがり、コーヒーメーカーの粉を慣れた手つきで取り替えた。その足元にどこからきたのか、仔猫《こねこ》が一匹、みゃあみゃあとまとわりついている。

「野良猫なんですよ。ときどきこうしてエサをねだりにやってくる」

だからドアを少し開けているのかと、一男は合点がいった。

「御堂さん、猫アレルギーは？」

「ありません」

「だったらすみません、そのテーブルの下に猫缶が積んであるんで、コイツにあげてもらえませんか」

一男は言われたとおりにした。しゃがんで猫缶を開けると、仔猫が近づいてきて、一男を一瞥もせず一心不乱にエサを食べはじめる。しばらく部屋は仔猫の舌の音しかしなかった。

「コーヒーのおかわり、いります?」

一男が答える前に、抽出したてのコーヒーが入った容器を運んでくると、長崎は空のマグカップに注いだ。

「あなたは奥さんが以前、どこに住んでいたのか、一度も訊ねたことがないのですか」

「いつか話してくれると思っていたので」

容器をコーヒーメーカーに戻してから、長崎は席に着いた。仔猫はエサをすべて食べ尽くし、ドアの隙間を悠々とでていく。

「十五年前、あなたの教会を訪れた奥さんは、なにか持っていらっしゃいましたか」

「ピンクのキャリーバッグをひとつだけです。でも江津子は財布や化粧道具といった小物だけをだして、ぼくの家に置いていきました。1Kのアパートに夕飯を誘われたとき、持っていこうとしたら、その中に入っているモノはあまりいい思い出がない、いらないから処分してほしいと言われてしまって」

「それであなたはどうしたんです?」

「処分するには分別しなければなりません。でも開いた途端、下着がでてきまして」

それもランジェリーと呼んだほうがいい、けっこう際どいものが十枚以上あった。

「当時はまだ独身でしたし、しかもそれが教会からでたゴミとしてはその、ふさわしくないというか。ゴミ袋の中身はわかりませんが、清掃員の方々は不審に思うでしょうし、なにかの拍子で他人にバレたりしたらぼくが女装趣味でもあるのかと、あらぬ疑いをかけられそうで、捨てるに捨てられず、教会の裏手にある物置に入れておきました。結婚してから、まだ捨てていない話をしようとは思ったのですが、機会を逃し、亡くなってからはいよいよ以て捨てづらくなり」

「まだ物置にあるのですか」

「あります」

「できればそれをお借りしてもよろしいですか。あなたと会う前の、重要な手がかりになりますので」

「明日にでもお持ちしましょうか」

「善は急げです。俺、車だしますんで、いまから取りに伺いますよ」

そう言いながら長崎は腰を浮かせている。するとドアの隙間から猫の鳴き声が聞こえた。さきほどとちがう猫だ。

「すみません、猫缶あげてやってください。そいつが食いおわったところでいきましょう」

5

ひかりは嫌な夢を見ていた。

昔から繰り返しよく見る夢だ。しばらく見なかったが、白血病が発覚し、クリーンルームで入院することになってから、ふたたび見るようになった。

夢の中で、ひかりは六歳だった。小学校へあがる前にちがいない。ただし幼稚園の制服を着ているときもあれば、お気に入りのピンクの服のときもあった。

はじめにでてくるのはウサギだ。

実物のウサギではない。着ぐるみのウサギだ。

ウサギは風船をいくつも持っている。そのうちの二個をひかりにくれた。

するとお母さんに呼ばれ、手を繋《つな》いで歩きだす。

どうしてふたつ、もらったの？

ひとつは、おとうさんにあげるの。

そっかぁ。じゃあ早く、おウチに帰らなくちゃね。

お母さんと手を繫ぎ、歩道橋の階段をのぼっていく。そこへ、ひかりと同い年くらいの女の子がおりてくる。彼女は踊り場で立ち止まり、パパ、早くっと叫ぶ。そして階段を三十歳前後の男のひとがおりてくる。彼が女の子を呼ぶのだが、はっきり聞き取れない。それからふたりは手を繫ぎ、階段をさらにおりていく。

なぜかお母さんは足を止め、そのふたりを目で追っている。それだけではない。

ごめんね、ひかり。お母さん、忘れ物しちゃった。ここで待っていて。

それだけ言い残すと、お母さんは階段を駆け下りていった。ひかりをひとりぼっちにして、お母さんがどこかへいってしまうなんて一度もなかった。どうしていっしょにいってはいけないのだろう。お母さんは帰ってこないのではないかと、不安でたまらなくなる。

結局、お母さんがいなくなって十秒もしないうちに、ひかりも階段をおりて、風船を配るウサギがいる場所へと走っていく。

すぐさま、お母さんを見つけた。

でもひかりは近づけなかった。だれかと話をしていたからだ。さきほど階段をおりてきた男のひとにちがいなかった。彼をパパと呼んだ女の子は、ウサギから風船をもらっている。ひかりとおなじく二個だった。

お母さんと男のひとは、ケンカまでではないにせよ、なにか言い争っていた。お母さんの甲高《かんだか》い声に、ひかりはビックリする。家でもどこでも、そんな声をだすのを聞いたことがなかったからだ。さらには怖くてたまらなくなり、その場に立ちすくんでしまう。

お母さんの肩越しに男のひとの顔が見える。でもはっきりはわからない。にもかかわらず、自分を見て、にやついているのはわかった。

あくまだ。

ひかりは直観的にそう思った。

あくまがおかあさんをつれていこうとしているんだ。

六歳のひかりはお母さんに駆け寄り、その手をつかんだ。もちろん悪魔に連れていかれないようにするためである。

パパッ。

にやつく悪魔に、風船を二個持った女の子が近づいてきた。その子はひかりだった。

自分はここにいるのに、あそこにも自分がいるのはどうしてだろう。

そう思っていると、悪魔はその子を抱きあげ、どこかへ去ってしまった。

ひかり。

お母さんがしゃがみ、ここにいるひかりを抱きしめた。その拍子に風船のヒモを手放してしまう。風船は瞬《またた》く間に大空へ飛んでいく。見上げることしかできずにいると、ひかりはお母さんがしくしく泣いているのに気づいた。

ごめんね、ひかり。ほんとにごめん。

なにが、ごめんなの、おかあさん？

そう訊ねても、お母さんからの返事はない。いつもそこで目覚めるからだ。

夢にしては生々しく、起きてからしばらくは嫌な気持ちに見舞われる。

今朝もそうだった。

せっかく大事な日なのに。


浴室手前の洗面室にある鏡を見ながら、髪をとかしていると、お父さんがひょっこりやってきた。

「イイ感じだな。うん。悪くない」

「悪くない？」

鏡に映るお父さんを、ひかりは軽く睨《にら》んだ。

「あ、いや、素敵だ。うん。ショートヘアもよく似あっていると思う」

「と思うじゃなくて、そこは断定しなきゃ」

「似あってる、似あってる。とにかく朝食ができたから、早くきなさい」

退院してから五ヶ月が経ち、髪の毛もだいぶ生え揃《そろ》ってきていた。ウィッグとも今日でおさらばだ。

「だいたいお父さんは女心がわかってないんだよ」キッチンテーブルに着き、食前の祈りを唱えてから、ひかりは注意するように言った。「よくそれでお母さんとつきあえたよね」

「余計なお世話だ」

お父さんは自分がつくった卵焼きを箸《はし》でつまみ、口へ運んでいる。御堂家では昔から朝は和食だ。朝、ご飯を食べないと一日元気がでないというのが、お父さんの持論だ。

「どっちから言った？」

「なにを？」

「つきあおうって」

「お母さんさ」

「嘘《うそ》」

「ほんとだ。プロポーズもお母さんからだ」

「お父さんのどこがそんなに好きだったの？」

ひかりはリビングに向かって言う。飾り棚に置いた写真の中で、お母さんはいつもと変わらず微笑《ほほえ》んでいるだけだった。

「いいから、さっさと食べなさい。遅刻するぞ」

「遅刻したって平気だよ。受験おわって、授業なんてほとんど消化試合だもん。今日なんて先生に合格した報告をしにいくだけだし」

そうなのだ。

昨日、高校の合格発表があり、ひかりはこの四月から公立高校に通うことが決まった。いまさら遅刻どうこうは関係ない。ただし二年の三学期から三年の一学期まで、八ヶ月以上学校へいかなかった身としては残り一ヶ月を切った中学生活を少しでも楽しみたい。

そこで今日は十五年間の生涯で、はじめてのことにチャレンジするつもりだ。ウマくいくかどうか、いまからドキドキだった。

「そういえば炊きだしとか手伝いにきてた、クラスの友達はどうなんだ？　高校決まったのか？」

「みんな志望のとこにいけたけど、バラバラなんだよね。私とおなじなのは上原くんだけ」

上原くんの名前を言っただけで、ひかりはさらにドキドキが高まった。

「でも高校にいってからも手伝いにきてくれるって」

「みんな気が利くし、働き者だからな。信徒さん達にも評判がいい」

「イースターにはぜったいくるはず」

「そっか」そこでお父さんは箸を止めた。「去年のイースターはおまえ、いなかったからな。みんなで盛り上げてくれて助かったよ。おまえ、調子はどうだ？」

「まずまずだよ」上々とは言い難い。じつは少し熱があった。

「あんまり無理するなよ」

「お父さんこそ」

「ぼくはなにも無理しちゃいないさ」

「ここんとこ、ガソリンスタンドのシフト、増やしているじゃない？　そんなに苦しいの、ウチ？　私の病気のせい？」

「心配するな。お父さん、手洗いの洗車がウマいんだ。お父さんに車を洗ってほしいって、わざわざ遠くからくるひとも多くてな。だからここんとこ忙しいのさ」

嘘ではないだろう。そのせいで、お父さんの手はだいぶ荒れていた。ときどき三つ先の駅にある皮膚科にいき、診てもらってもいるらしい。

それでもお父さんが、なにかを隠している気がしてならない。


「なんだ、まだ見てたの？」

「うん」

「暑くない？　日陰にいたら？」

「平気だよ」

その日の放課後だ。

上原くんがサッカー部の練習にでていたので、金網越しで、ひかりはしばらく見学していた。するとそこにボールが転がってきて、汗だくの上原くんが取りにきたかと思うと、話しかけてきた。さらにはボールを蹴《け》りながら、金網沿いに進んでいくので、ひかりは並んでついていく。

「練習戻らなくていいの？」

「一、二年を鍛えるつもりで半年振りに参加したんだけどさ。アイツら、俺よりずっとウマくなってて、鍛えるどころか、ついていけなくて逃げだしてきた」

屈託のない物言いに、ひかりは思わず笑ってしまう。

いつから上原くんを好きになったのか、いまいちよくわからない。小学校はべつべつで中学でいっしょになった。

一年二年三年とぜんぶおなじクラスだが、教室にいるときの上原くんはイマイチだ。机でじっとしている上原くんは、上原くんらしくない。ならばいつがいちばん上原くんらしいかと言えば、グラウンドでボールを追いかけているときだ。

とは言えとびきりうまいわけではない。一応、レギュラーだったが、部員十三人のうちの十一人だ。チームは地区大会にでても、たいした成績ではない。一回戦を勝てば上出来くらいだった。

「高校でもサッカー部に入るつもり？」

「まあね。こことおんなじくらい弱いチームで、練習は週三日、上下関係もきびしくなくて、試合は勝ち負けよりも、どれだけ楽しめるかがモットーらしい。だったらイイかなって。ひかり、マネージャーになったら？」

「考えておく」

上原くんの誘いに、さりげなく答えながらも、鼓動が速まっていた。

「大変そうだったら、無理しなくていいんだぜ。身体《からだ》はまだ本調子じゃないんだろ」

「うん。でも平気」

「ひかりはえらいよな」

「私のどこが？」

「退院して半年足らずしか受験勉強してないのに、ちゃんと高校受かったじゃん。俺なんか二年の夏から、塾に通って、必死こいて勉強してなんとか引っかかったようなもんだぜ。でもあれだよな。病気してなかったら、もっとイイ高校いけたはずなのに、もったいないことしたな」

「そんなことないって」

上原くんとおなじ高校にいける。それだけでじゅうぶんである。

「いくぜ」

そう言ったかと思うと、上原くんはボールを金網から蹴りだしてきた。ひかりはそれを見事、キャッチする。

「こっちパスして。そしたら俺、ダイレクトにグラウンドに蹴るからさ」

「これでも地区大会でシュートを決めた男だぜ」

「できるの？」

ただし一度きりだ。上原くんのシュートで、地区大会で二回戦に勝ち進んだことがある。でもそれは一年生のときだった。

「いくよっ」ひかりはボールを高く舞い上げる。ちょうどいい具合に金網を越え、上原くんの元へ落ちていく。

「おりゃっ」上原くんが利き足の右脚を高くあげる。しかしボールをかすりもせず、その場に転んでしまう。

「痛ぁ」

「平気？」ひかりは心配しながら、うっかり笑いだしそうになった。こういうところがお父さんに似ているとも思う。本人は大真面目で一所懸命なのに、どこか一本抜けている。

「なにやってんですかぁ、上原先輩っ」

「女の前でカッコつけようとするからですよぉ」

遠くからサッカー部の後輩達の声が聞こえる。

「うっせぇ」

上原くんはパタパタと身体を叩《たた》きながら立ち上がる。そして転がっていたボールを拾った。

いけない。

今日一日、上原くんとふたりきりになるチャンスを窺《うかが》っていた。いまこそそのときなのにもかかわらず、言うべきことを言わずにいてしまった。

明日にするか。

いや、駄目だ。

今日にするって決めたじゃないか、私。

自分を叱ってから、息を整え、ひかりは言った。

「上原くん」

「なに？」

「つきあってください」

「へ？」上原くんが妙な声をだす。「俺と？」

「髪の毛が伸びたら言おうと決めてたんだ。学校からいっしょに帰ったりするだけでいいの。だからその、つきあって」

返事がない。それどころか上原くんはぴくりとも動かなかった。あまりに唐突過ぎて、フリーズしてしまったようだ。

「なにか言いなよ」

「う、うん」

「うんって？」

「わかった」

「わかったって？」

「オッケーって意味だよ」

「ほんと？」

「もちろん」

「じゃ、いっしょに帰ろう」

そう言ったときだ。ひかりは立ちくらみがした。全身の力が抜けていき、世界がぐるぐるとまわりだす。

「どうした、ひかり」

平気だよ、上原くん、心配ないから。

そう言いたくてもできなかった。金網をつかんで、なんとか立とうとする。でも手に力が入らない。

助けて、上原くん。

助けて、お父さん。

「ひかり、しっかりしろっ。おいっ」

世界はまわりつづけ、さらには外側から暗くなっていき、やがて真っ暗闇に包まれ、音さえ聞こえなくなる。


木漏れ日が降りそそぐキレイな道が、目の前にまっすぐ伸びている。幼稚園の行き帰りにつかう道にちがいない。曇りの日もあれば、雨の日もあった。雪だったこともだ。しかし夢で見るときは、決まって晴れている。

これは夢なのね。

そう気づいたときには、自分の右手に温かみを感じた。お母さんと手を繋いで歩いていた。ひかりは幼稚園の制服を着ている。

私は六歳なんだな。

そしていまから幼稚園へいくところだった。

きょうのおべんとー、おにぎり、はいってる？

ひかりはお母さんに訊ねた。

うん、入ってるよ。なんのカタチのおにぎりでしょう?

えぇぇ、わかんなぁい。ヒント、ヒント。ヒントちょうだい。

そうねぇ、白と黒で、ひかりが大好きな動物。

おとうさんだ。

えぇ?　お父さん?

うん。あたった?

ブッブー。正解はパンダのおにぎりでしたぁ。

やったぁ。パンダのおにぎりぃ。

そっかぁ、お父さん、いつも白と黒のお洋服だもんね。でも動物じゃないでしょ。

ニンゲンもドーブツだって、おとうさん、いってたよ。

ひかりはほんとにお父さんのことが大好きね。でもお母さん、お父さんに嫌われちゃうかも。

どうして?

お母さん、悪いことをしてしまったのよ。

どんな、とはひかりは訊けなかった。訊いたら、取り返しがつかない気がしたからだ。それにいつか出逢った悪魔を思いだしてもいた。お母さんが悪いことなどするはずがない。あの悪魔にだまされて、やらざるをえなかったのだ。

だいじょうぶだよ、おかあさん。おとうさんはボクシなんだから、どんなことでも
ゆるしてくれるよ。そうだ。きょうはおとうさんに、ちくわカレーをつくってあげよ。

ね？　ひかりもおてつだいする。

そうね。そうしましょ。

お母さんがにっこり微笑む。もう安心だ。六歳のひかりはほっと胸を撫で下ろす。

お父さんに電話するね。

そう言うと、お母さんは携帯電話を取りだした。

もしもし、一男くん？　うん。そう。ひかりはもういないわ。いまさっき送ったところ。

ちがうよ、おかあさん。あたしはここにいるわ。

そう言ってもお母さんは聞いておらず、それどころか六歳のひかりを置いて、幼稚園とは反対方向へ歩きだしていた。

まって、おかあさん。ねえ、まってったら。

今日の夕飯なんだけどね。うん。あなたの担当だけど、あたしとひかりでつくるわ。

うん。そう。ちくわカレー。

話をしながら、お母さんは歩いていく。その先は信号がない横断歩道だ。

だめだよ、おかあさん。そこをわたっちゃダメッ。

軽トラックが走ってくるのが見える。

おかあさんっ。


瞼《まぶた》を開くと、そこはクリーンルームだった。

え？　どういうこと？

ひかりはしばらく混乱した。去年の九月に退院してから上原くんにコクるまでのことがすべて、夢だと思ったからだ。

「そんなはずない」

思わず口にだして言ってから、頭に触れた。耳が隠れるくらいまで、髪の毛が伸びている。

オッケーって意味だよ。

上原くんの返事は夢ではなかったのはたしかだ。そしてその直後、倒れたことを次第に思いだしてきた。

「ひかりっ」

お父さんが入ってきた。青木先生もいっしょだ。嫌な予感しかしない。

「今回も上原くんが助けてくれたんだ」

お父さんが興奮気味で言う。声が少し上擦《うわず》ってもいた。学校で倒れたひかりは、救急車で病院に搬送《はんそう》された。駆けつけた救急隊員に、ひかりが入院していた病院だけでなく、青木先生のことも伝えたのは上原くんで、今度もいっしょに救急車に乗りこんだという。

「いま何時？」

「ん？　ああ、九時だよ」

レースカーテンが引かれた窓のむこうは明るい。夜のではなく朝の九時にちがいなかった。

「で？　私はどうなっちゃったの？」

えらく挑発的な口調になっている自分に、ひかりは気づく。お父さんの返事はない。

すると青木先生が一歩前にでてきた。

「私からお話ししてもよろしいですか、お父さん」

「うん、ああ。はい」

「病気が再発したんですね」

「そうです」ひかりの言葉に青木先生は辛そうに答える。「正直に言いますと、前回より手強い状況です。化学療法だけでは治せそうにない。つまり骨髄《こつずい》移植が必要です。いま適合者をさがしていますが、少し時間がかかりそうで」

「どれくらいかかるんですか」

「いついつとはっきり答えることはできません。明日かもしれないし、半年、いや、もっと先かも」

「ずっと見つからない場合もあるわけですね」

「ば、莫迦《ばか》言うな、ひかり。そんなはずないだろ」お父さんが言った。声はさらに上擦り、息苦しそうだ。「お父さん、信徒さんやガソリンスタンドのスタッフに骨髄バンクの登録をお願いするつもりだ。給油や洗車にくるお客さんにもチラシを配ろうと思う。それとそう、上原くんに教えてもらったんだけど、お父さん、ＳＮＳをはじめようと思うんだ。そこでも呼びかけて」

「無駄だよ」

「む、無駄っておまえ。そんなことない、世界中のひとが見てくれるんだからさ。いっしょに神様にお祈りを」

「それこそいちばんの無駄だよ。莫迦みたいっ。神は真実な方ですから、あなたがたを耐えられないほどの試練にあわせることはありません？　ほんとにお父さん、そう思う？　これが試練なの？　ハードルどころじゃない、棒高跳びのバー並みに高いじゃん。こんなの耐えられない。無理だよ。私をこんな目にあわせるなんて、神様なんて、とんだクソ野郎だっ」

「やめなさい、ひかり。神様を侮辱《ぶじょく》するんじゃないっ」

「なによ、お父さんっ。神様と娘、どっちが大切なの。どっちの言うことを信じるのよっ。だいたいなんでお父さんは私と適合しないの？　家族だったら型があうはずでしょ。教えてっ」

お父さんの顔はすっかり青ざめている。どちらが病人かわからないほどだ。できればあやまりたい。でもできなかった。

悪魔だ。

私に悪魔が取り憑《つ》き、あんなことを言わせたんだ。悪魔はお母さんを連れ去り、今度は私を狙《ねら》っている。

ひかりは布団の中にもぐりこみ、胎児のように身体を丸め、わなわなと震えあがった。

「よろしくお願いします。よかったら目を通してください。よろしくお願いします。ありがとうございます」

6

娘のひかりの病気が再発して、ひと月以上が経った。いまだ骨髄移植のためのドナーは見つからない。一男はいてもたってもいられず、骨髄提供のお願いのチラシをつくり、教会でもガソリンスタンドでも手渡している。

さらには管轄警察署に道路使用許可の届け出申請をおこない、駅前で行き交うひとに配っていた。ただし受け取ってくれるひとはほとんどいない。それでもやらずにはいられなかった。

昨日までは上原をはじめ、ひかりのクラスメイトもいっしょに配ってくれたし、炊きだしや先日おこなわれたイースターの催しも手伝ってもらった。しかし今日からはそれぞれ高校へ通いはじめている。本来ならば、ひかりもそのはずだったのにと思うと、胸がしめつけられるほど痛くなった。だが弱音を吐いてはいられない。

「お願いします。よろしくお願いします」

ズボンの前ポケットに入れたスマートフォンが震えた。電話だ。病院からかもしれない。歩道の端《はし》に寄って取りだし、画面を見る。探偵の長崎からだった。

「見つかりましたか」

電話にでるなり、挨拶《あいさつ》もそこそこに一男は訊ねた。長崎はいまだ、ひかりの実の父親を見つけだせていない。これはある意味、やむを得なかった。依頼した際、半年くらいかかってかまわないと、一男から言ったのである。まさかこうも早く、白血病が再発するとは思わなかったからだ。

ひかりが倒れた翌日、長崎に電話をかけ、すべての事情を話すと、依頼にきたときに言ってくれればよかったのにと拗《す》ねるように言われてしまった。ただしその段階でも、長崎はすでに一男と出逢う前、江津子が東京の西の果てに暮らしていたところまで突き止めていた。

「あと一歩です」

長崎は低い声で答えるうしろで、みゃあと猫が鳴くのが聞こえた。事務所に訪れた猫に猫缶をあげながら電話をしているにちがいない。

「より確実なものにするためにお願いがあります。娘さんが使った箸や歯ブラシ、あるいは切った爪《つめ》を五個以上、二ミリグラム以上の耳垢、髪の毛でもかまいません。ただし自然に抜けたのは駄目です。引っこ抜いて毛根が付いていないと」

なにを言いだすんだ、このひとは。

そう思ったものの、長崎の目的をすぐに察することができた。

「DNA鑑定をするのですか」

「おっしゃるとおりです」

とは言え、どれも手に入れるのは難しい。ひかりに気づかれないようにとなれば尚更だ。持ちだしやすいのは歯ブラシだろうが、ひかりは使い方が荒く、ひと月毎に取りかえており、一昨日、新調したばかりだった。そもそも娘のモノとはいえ、いや、娘のモノだからこそ、盗みだすようなことはしたくない。そう考えていると、自分でも気づかぬうちに唸《うな》っていた。それで長崎は一男の胸中を察したらしい。

「娘さん、入院しているんでしたっけ。医者や看護師もいますし、そうたやすくは持ってこられませんか」

「でもいまおっしゃったうちの、なにかしらがなければDNA鑑定ができないんですよね」

「ええ。いや、待ってくださいよ。いま言った以外のモノでも鑑定できるモノがあるのですが」

「なんでしょう?」

「へその緒です。それも三センチ以上あるのが望ましい」

それを早く言ってくれ。

「家にあります」

「すぐに見つかりますか」

「はい」

見つける手間もなかった。木箱に入れ、飾り棚に入れてある。

「よかった。ではちょっと用事を済ませてから、車で自宅にお邪魔します」猫の鳴き声がふたたび聞こえてきた。一匹ではない、二匹はいそうだ。長崎の用事は、猫にエサを与えることにちがいない。「何時頃、伺えばよろしいでしょう」

チラシは毎朝、午前七時から三時間配っていた。あと三十分ほどでおわる。

「では一時間後に」

「わかりました。ではのちほど」

スマートフォンを元に戻す。すると目の前に立ち塞《ふさ》がるひとがいた。因縁でもつけられるのかと思いきや、一ノ瀬だった。ガソリンスタンドのバイト仲間だ。

「なにやってんスか、御堂さん」

「これを配っていまして」一男はチラシの束を見せた。「きみこそどうしてここに?」

「夜勤明けなんスよ」

「だったら七時あがりですよね」いまは九時半前だ。

「すぐ家に帰ると、出勤前の親父とおふくろにカチあっちゃうんスよ。それが嫌で、マックで時間つぶしてました」

一ノ瀬が高校二年で中退し、三年近く就職どころかバイトもせずに、悪い友達とツルんで、よからぬことに手を染め、挙げ句の果てに警察のお世話になったという話は、彼の叔父である米山店長から聞いている。ガソリンスタンドで働きだしてから、多少はまともになったものの、両親との折りあいがいまだ悪いこともである。

「俺もしましたよ。骨髄バンクの登録」

「ほんとかい? ありがと」

「親父とおふくろもです」

折りあいが悪い? と一男は危うく言いかけた。

「あ、でも親父は駄目でした。骨髄バンクの登録って二十歳から五十五歳までじゃないッスか。親父、五十七なんスよね。大学いってる弟は、じきに二十歳になるんで誕生日の日に登録するって約束しました。叔父さんも誘ったんスけどね。骨髄って太い針で腰から取るんだろ、そんなの怖いよって、ビビっちまって。でも必ず登録させます」

「気持ちだけでもうれしいです」

「ひとつ訊いていいッスか、御堂さん」

「なに？」

「どれだけたくさんのひとが骨髄バンクに登録しようとも、娘さんに適合したひとがいなくちゃ、意味ないんスよね」

　一ノ瀬が意地悪で言っているのではないのは、口調でわかった。不思議でたまらないという表情になっている。

「意味がないことありません。娘に適合したひとが見つかってほしいとは切に願っています。でもおなじ病気の患者さんは国内だけでも大勢いるんですよ。そのひと達がひとりでも救えればと、チラシを配っているし、ＳＮＳもしています」

「マジッスか。御堂さんって、俺が思ったとおりの人間ッスよね」

「それってどんな？」

「最初に会った日、言ったじゃないッスか。あんたみたいなおとなしいヤツが暴れだすと、手がつけられなくて、いちばんヤバいって」

「覚えています。でもぼくは暴れていないし、ヤバくもないでしょう?」

「御堂さんはじゅうぶん暴れているし、ヤバいッスよ。もちろんイイ意味で」

どこがどうイイ意味なのか、よくわからないが、褒《ほ》めてくれているのはたしかなので、「ありがとう」と一男は言った。

「今度、教会にいってもイイッスか」

「もちろん。大歓迎です」

「骨髄バンクの登録以外に、なんか御堂さんの役に立ちたいと思ったんスよ。御堂さんの分、バイトのシフトを増やすっていうのを考えたんスけどね。でもそれじゃあ御堂さんのバイト代が減るだけで意味がない。だったら信徒になって献金するのがいちばんかなって。これだったら骨髄バンクに登録できなかった親父もできますしね」

ありがたい話だ。神様にかこつけて、お金をもらっているような気がしないでもない。

「すいません、余計なおしゃべりしちゃって。俺、配るの手伝いますよ。チラシ、半分ください」

「いえ、そんな」

「遠慮しなくていいッスよ。なんだったら今日だけじゃなくて毎日」

一ノ瀬はなかば強引に、一男からチラシを半分以上取っていく。そして「よろしくお願いしまぁす」と一男よりもボリュームがあって張りのある声で言い、チラシを配りだした。

十時にチラシを配りおえ、一ノ瀬と別れてから、一男は帰路についた。すると教会の前にひとがいた。遠目でも赤い帽子を被《かぶ》っているのがわかる。

チューさんか。

自分のことを待っているのかと一男は思ったが、そうではなさそうだ。なにか黒いモノを持ち、それを顔に寄せてはポーズを変えている。近づくにつれ、黒いモノがカメラだとわかった。どうやら教会を撮っているらしい。声をかけようか迷っていると、チューさんのほうで一男に気づいた。

「よう、神父」

「牧師です」

ルーティンと化した挨拶を交わしたあとだ。

「すまんな」とチューさんが詫《わ》びてきた。

「なにがですか」

「昨日よぉ、病院にいって、骨髄バンクの登録をさせてくれってお願いしたんだ。ところが駄目だった」

「どこか身体に不具合が見つかったとか?」

「それ以前の問題だ。こっちは提供する意志があるって説明したのによ。住所がないと、いざ適合したときに連絡《れんらく》がつかないので、お受けしかねますだとさ。莫迦を言うな、すぐそこのガード下の段ボールハウスに暮らしているし、商店街で雑誌を売ってもいる、呼んでくれればすぐに駆けつけるって言ったんだがな。正式な住所でなければいけませんの一点ばりなんだ。しょんぼりだよ、まったく」

「気持ちだけでもうれしいですよ。ありがとうございます」礼を言ってから、一男はチューさんが持つカメラを指差した。「それは」

「昨日、病院の帰りに、駅前にある質屋で買ったんだ。これがたったの二万円だぜ。掘りだしもんさ。住所がなきゃあ、骨髄バンクの登録ひとつもできないのかって、がっかりしちゃってね。それにいつまでもこんな生活をしていたら、亡くなった家族に笑われると思って、カメラマンとして復帰することにしたんだ。結局、俺ができるのって、これだけだからさ」

「ではまた危険な地域に乗りこんで」

「それはまだ先の話。しばらくはリハビリがてらに、この町を撮る」

「素晴らしいことです。ぜひがんばってください」

「あんたはこれ以上、がんばらないほうがいい」

「え？」

「ひかりちゃんのために、いろいろとやらずにいられないのはよくわかる。でもな。それであんたが身体を壊しちまったら、ひかりちゃんがかわいそうだ。あの子のことだ、ぜんぶ自分のせいだと思っちまうぜ」

チューさんに諭すように言われ、一男はハッとした。まさにそのとおりだからだ。

「俺、やっぱり神様がいるように思えてきたよ。だってそうじゃないか。あんたみたいなイイひとが、いるって信じているんだからな。いてもおかしくない」

「ぼくはイイひとでもなんでもありません」

あろうことか牧師でありながら、ひかりが白血病を患い、再発をしてからはなおのこと、神様の存在を疑っている。まさに旧約聖書のヨブだ。神を畏《おそ》れ敬い、ひととしても立派なヨブは、罪がないのにもかかわらず、苛烈《かれつ》な試練を下される。それゆえヨブは神を疑う。

〈ああ、わたしが昔の月日に戻れたらよいのだが、神がわたしを守ってくださった日

日に〉

ブゥォォォォォォォオゥン。

一男は礼拝堂の中で、業務用のどでかい掃除機を引きずりながら、ノズルを床に這わせていく。今日は日曜礼拝なので、隅々までキレイにしなければならない。ただし掃除機は二十年以上前に購入した年代物で、だいぶガタがきており、騙《だま》し騙し使っている。

探偵の長崎に、へその緒を渡してから、十日が経とうとしている。しかし数日前に電話があり、彼は自信満々にこう言った。

細工は流々、仕上げを御覧《ごろう》じろです。いましばらくお待ちを。

じきにひかりの実の父親がわかる。その人物の骨髄がひかりと適合し、移植をしてもらえば、これに勝るハッピーエンドはない。

ブゥウオウゥンオゥンオゥン。

掃除機が止まった。ついに寿命がきたかと思い、焦ったものの、そうではなかった。コードを辿《たど》っていくと、延長コードに挿したコンセントが、教壇前の長椅子の角に引っかかって抜けかけていただけだった。それをぐいと挿し直し、掃除機のほうへ戻ろうとして、一男は足を止め、左側の長椅子をじっと見つめる。

十数年前のイースターの前日、江津子が眠っていた長椅子だ。そのときの彼女とおなじように、一男はそこへ横たわり目を瞑《つむ》った。

江津子がむくりと起きあがり、自分を見た瞬間、陳腐な表現ではあるものの、身体に電流が走ったかのような衝撃を受けた。これほど美しいひとが、自分の教会で一晩泊まっていたなんて、信じられなかった。

お邪魔しましたと立ち去ろうとする江津子に、一男は勇気を振り絞って訊ねた。

どこか行く当てはおありなんですか。

とくに決まっていないと江津子は答えた。そこで一男は朝食に誘った。よくもあんなことができたものだと、いまでも思う。それからイースターエッグの作り方を訊かれ、一男は必要以上に細かく説明してしまった。すると江津子はこう言った。

よかったら、あたし、お手伝いしましょうか。

一男は我が耳を疑った。からかわれていると思ったが、江津子はほんとに、イースターエッグづくりを手伝ってくれたばかりか、翌日のイースターの催しにも参加した。しかもウサギの耳に似せたリボンをカチューシャに結い、頭に付けてである。とても愛らしく、女の子達に作り方を教えていた。

そのウサギのカチューシャはのちのち、ひかりも付けるようになる。娘は大いに気に入り、イースター以外にもよく付けていたものだった。

江津子と暮らしていた数年間は夢のようだった。

江津子を愛していたし、江津子に愛されていると思っていた。ぼく達は幸せだと思っていた。でもちがっていた。あれは嘘で固められた幸せだったのか。

一男は長椅子を強く叩いた。何度も何度も叩きつづける。自分の中で湧《わ》き起こる荒ぶった感情を、どう晴らしていいのか、わからなくなっていた。

「御堂さぁん」俄《にわ》かに聞こえてきたその声に、一男は手を止め、瞼を開いた。「いらっしゃいますかぁ」

「は、はい」

涙を拭いつつ、入口に目を向けると、上原と豪のふたりが並んで立っていた。

おっと、もうそんな時間だったか。

高校生になってからも、日曜礼拝には、ひかりの元クラスメイトでなかよしの五人が訪れていた。中でも上原は毎週、はじまる三十分前にはきて、一男の手伝いをしてくれるし、豪にはひかりの代わりに、礼拝の際のオルガン演奏をふたたび引き受けてもらった。

「修理かなにか、なさっていました？」

「そのとおり」上原に訊かれ、一男は必要以上に大きな声で答えた。「ここの長椅子が歪《ゆが》んでいたもので」

「手伝いましょうか」上原は腕まくりをしている。

「いや、もうだいじょうぶ。それより長椅子の雑巾掛けをしてもらえませんか」

「了解です」

「豪くんはオルガンの練習かな。まだ掃除がおわっていないので、掃除機がうるさいかも」

ところが豪はオルガンのほうへはいかず、一男に近づいてきた。しかもえらく思い詰めた表情をしている。

「ご相談があるのですが」

「な、なに？」

「じつはぼく、高校で吹奏楽部にスカウトされまして」

「吹奏楽部にピアノなんかないだろ」

上原が言う。その手にはすでに雑巾がある。集会所に取りにいき、戻ってきていたのだ。

「ないよ。でもぼくがピアノをやってた情報を、先輩達が摑んでいて、譜面が読めるのは即戦力になるって言われてさ。一昨日、練習を見学にいって、いろんな楽器をいじらせてもらって、週が明けたら、入部しようと思っているんだ」

「ぼくにどんな相談が？」一男は訊ねた。

「吹奏楽部は日曜も練習があるんです。それも朝から」

「待てよ。そしたらここのオルガン、だれが弾くんだ」

上原は喧嘩腰だ。

「だからこうして、ひかりのお父さんに相談しているんだよ」

「ここでオルガンを弾くときだけ、練習を抜けだしてこい」

「無茶言わないでくれ、駿介」豪が泣きそうな顔で言った。「そんなのできっこないよ。ぼくの高校はここから一時間はかかるし」

「ひかりに頼まれたことを放棄するのかよ。そんなの俺が許さないからな」

「しょうがないじゃんか」

「なにがしょうがないって言うんだ」そう言いながら、上原が豪に駆け寄ってくる。

「ひかりが病気のせいで、どれだけ辛い目にあっているか、おまえだってわかっているはずだろ」

「わ、わわわかっているよ。でも」

「でもなんだ」

「ぼくにはぼくの人生がある。他のみんなもそうだ。これまで、いろいろやりくりして、礼拝にもきたし、チラシ配りや炊きだしを手伝った。でも新生活がはじまって、次第に都合がつかなくなってきているんだよ。いつまでもひかりのことばかり考えても」

豪はそこから先を言えなくなった。上原が胸倉を摑んだからだ。

「よくもそんなヒドいことが言えたもんだな」

「や、やめなさい、上原くん」

「だってコイツが」

「ここは教会です。神様の前で暴力を振るうなんて、もってのほかです。何人《なんぴと》であってもぼくが許しませんっ」

上原は虚を衝かれたような表情になってから、「すみません」と小声で詫びると、豪から手を放した。

「おっしゃるとおり、きみにはきみの人生があります」ゴホゴホとむせる豪に、一男は言った。「残念ですが、やむを得ません。ではオルガンの演奏は今日までということとですか」

「そ、そうです」と返事をする豪を、上原がきっと睨みつけた。「いえ。それでは迷惑だと思うので、吹奏楽部に入るのを一週間延ばして、来週を最後に」

「いいんですか」

「はい。あとそれと」

「なんでしょう?」

「さっきはその、言い過ぎました。ひかりのことを忘れたりはしません」豪は申し訳なさそうに言う。「早くよくなるよう願っています。ほんとです」

「わかりました。そろそろ信徒さんがお見えになります。どうぞオルガンの練習をしてください。ぼくも掃除機をかけないと。上原くんも雑巾掛けをお願いします」

上原はイマイチ納得のいかない様子だが、それでもおとなしく長椅子を拭きはじめた。

豪が弾くオルガンで、日曜礼拝はつつがなくはじまった。すると説教をはじめてしばらくしてから、誰かのスマートフォンが高らかに鳴り響いた。

だれかと思い、見回してから、一男は自分のだと気づいた。信徒のみなさんには、電源を切ってくださいとお願いをする。しかし自分自身は切らずに教壇の上に置いていた。ひかりのことで、病院から連絡が入ってくるかもしれないからである。それでもさすがにバツが悪い。

「すみません、ぼくのでした」

「もしかして病院からですか」

上原が立ち上がるなり、訊ねてきた。信徒達がざわつく。

「いえ、ちがいます。申し訳ありません」

画面には〈長崎探偵事務所〉と表示されていた。

7

パチンコ屋脇の階段を駆けのぼる一男の横を、飛び跳ねるようにして、猫が追い抜いていった。二階まであがると、猫は探偵事務所のドアの隙間《すきま》をそろりそろりと入っていった。一男は数秒遅れで、おなじドアを開く。

「ちょうどよかった」

長崎はコーヒーを淹《い》れているところだった。彼の足元には、一男より先に入った猫がまとわりついている。

「コイツに猫缶をあげてください」

それどころではないのにと思いつつも、一男はデスクの下から猫缶をだして蓋《ふた》をぱかんと開けた。猫はその音に反応し、長崎から離れると、踊るような歩みで猫缶に近づき、中身を食べだした。現金なこと甚だしい。

長崎は両手にマグカップを一個ずつ持ち、デスクの椅子に座った。

「どうぞこちらにおかけになって」

デスクを挟んで、長崎と真向かいの椅子に一男は腰をおろす。そしてコーヒーを一口啜《すす》ったものの、まるで味がしない。そのときになって、長崎がサングラスをかけているのに気づいた。

「ひかりの実の父親はいったいどこに？」

「順を追ってご説明しましょう。心の準備はできていますか」

改めて長崎に言われ、一男は少しビビりながらも、「はい」と答えた。

「奥さんのキャリーバッグの中にこれが入っていました」

そう言って、長崎が写真の隣に置いたのは領収証だった。四つ折りにしたあとが付いており、宛名は江津子の旧姓だった。金額は十五万円とけっこうな額だ。但し書きはＣＤプレス代、日付は十六年前の十二月、二百円の収入印紙が貼られ、右下には住所と、住所の中にある地名に〈印刷会社〉と付けた社名のハンコが押してあった。

その地名が東京の都下だとは一男はわかったものの、どのへんかまでは、知らなかった。そしてまた、その町の話を、江津子から聞いたことは記憶にあるかぎり、一度もない。

「正しくはキャリーバッグに入っていた、コートのポケットの中にありました。入れたのを忘れていたのでしょう。まずはその印刷会社にいき、奥さんについて訊ねました。相手をしてくれたのは、社長さんだったのですが、生憎《あいにく》と十数年も昔なので、だれも覚えていない。事業を縮小していて、ＣＤプレスもいまはやっておらず、当時の担当者も退職して、その所在もわからないと社長に言われてしまいました。ただし、その町には駅前広場があって」

長崎は、とあるバンドの名前を挙げた。紅白に何度か出場している結成二十年以上の三人組で、一男も知っていた。

「その三人がアマチュア時代の三年間、その広場で唄っていたとかで、彼らにつづけとばかりに、いまもストリートミュージシャンが、けっこうな数いるそうなんです。以前は自分のＣＤを手売りするひとも多く、社長さんが言うには、そのおかげでＣＤ

プレスで稼げていたものの、ここ数年はネットの配信が主流になってしまったとかで」

「この領収証があったということは、江津子もそこで唄っていた?」

「俺もそう考え、駅前広場にいきました。そしてミュージシャンの歌を聞いているひとに声をかけ、奥さんの写真を見てもらい、十数年前にこの女性がここで唄っていなかったか、訊ねてまわったんです。地元で三十歳以上のひとならば、覚えているかもしれないと思いましてね。ところが二週間、足を運んでも、まるで収穫がなかった。この線ではキビシイかもしれない、つぎはどんな手を打つべきか悩んでいたら、印刷会社の社長さんから電話があったんです。ウチではプレスだけでなく、CDジャケットの印刷やデザインも請け負っていた。ただし自社にはデザイナーはいないから、デザイン事務所に発注していて、そことはいまも付きあいがあり、探偵がきた話をしたところ、十数年前ならばすでにパソコンで作業していたし、ジャケットデザインのデータはすべて保存してある、日付がわかれば簡単に見つけられますよと言われた、なんだったらそのデザイン事務所にいってみたらどうかと」

長崎はコーヒーを口に含んだ。一気に捲《まく》し立てたせいで、喉が渇いていたにちがいない。

「いったんですか、その事務所に？」

先を促《うなが》すように一男は訊ねた。

「ひとまず電話をかけました。すると印刷会社の社長さんから話は聞いています、ウチの事務所は狭くて汚いので、駅近くにあるカフェで会いましょうと言われまして」

おなじ東京でも、世田谷の九品仏《くほんぶつ》にある凹組《ぼこぐみ》という事務所で、カフェにあらわれたのは、三十代なかばの女性だったという。

「ありがたいことに、領収証の日付までの三ヶ月間のジャケットのデータだけでなく、プリントアウトしたものまで持ってきてくれたので、その場で確認することができました。しかしぜんぶで三十近くあったのですが、その中には奥さんはいなかったのです。これも空振りかと諦めかけたとき」

長崎がつぎにだしたのは、ＣＤジャケットだった。正しくはそのデザインをプリントアウトした紙だ。襟《えり》なしの黒服を着て、肩までのロンゲで髭面の男が、恍惚《こうこつ》とした表情でキーボードを弾いている。だがそれより気になったのは彼の頭の上にある〈Lucifer〉という文字だった。ルシファー、日本語に訳せば明けの明星だ。聖書には明言されていないが、世間一般には神と対立し、悪魔に転じた堕天使と流布されている。そして左端には〈HIRO〉とあった。

「このアルバムは、ジャケット以外に歌詞カードもデザインしていて、全六曲でジャケットを含め、八頁の小冊子になっていたそうです。これが最後の曲の歌詞です」

長崎がもう一枚、紙を一男の前に置いた。

『世界の端っこで愛を叫んでも』と、なにかのパクリとしか思えないタイトルで、歌詞もどこかで聞いた言葉を寄せ集めたようなものだった。その中に英語の歌詞があり、〈Etsuko My Love　Etsuko My Love　Etsuko My Love〉と何度も繰り返されている。

エッコマイラブ？

「このエッコが、江津子だというのですか」

一男の問いに答えず、長崎はさらにもう一枚、紙をだした。

「最後のページに、スタッフの名前がすべてローマ字で書いてありますが、いちばん下をご覧ください」

〈Special thanks!!〉のあとに江津子の旧姓がローマ字で綴られている。それに気づいた途端、一男はジャケットの写真を改めて見た。

「このヒロこそが捜している男かもしれません、と凹組の女性に言い、可能性は低いと思いつつも、念のために、いまどこにいるか訊ねました。すると事務所の上司というか先輩が、昔、ミクシィにハマっていて、ＣＤジャケットのデザインをしたミュージシャンとは、ほとんどマイミクになっていたとかで」

「ミクシィってまだあるんですか」

「一時期ほどではありませんが、ちゃんと運営しています。とは言え、いまはアカウントがあっても利用していない幽霊会員が多いんですよ。事務所の先輩もそうだけど、ひさしぶりにログインしてもらって、ヒロとマイミクかどうか確認してもらいます、そこからなにかわかるかもしれないので、と凹組の女性はカフェから電話をしてくれました」

　結果、その先輩はやはり、ヒロとマイミクで、しかもヒロの過去の日記を読むこともできたらしい。

「日記に書いていたのは、駅前広場でのライブの告知やその模様だけだったのが、最後に結婚の報告があったそうです。そこだけスクショしてもらい、俺のスマホにメールで送ってもらいました」

　つぎに長崎がだしたのは、それをプリントアウトした紙だった。

「本日、わたくしヒロは以前からおつきあいをしていた女性と結婚をすることになり、ミュージシャンを引退しましたと綴ってあります。プロデビューもしていないのに、引退もおかしな話ですがね。さらに奥さんの実家である定食屋を継ぐことになりましたので、ファンのみなさんはぜひ足をお運びくださいと、ご覧のとおり、店の写真をアップして、住所も記していました」

一男はその部分を見た。一軒家の一階にある、ごくありふれた町の定食屋で、住所は東京の二十三区だった。

「ネットで調べたらその定食屋はまだあったので、九品仏からすぐそちらへいきまして」

長崎が差しだす写真を一男は受け取った。ハガキよりもひとまわり大きなサイズだ。

「その日に盗み撮りしてきた写真です」

作務衣《さむえ》みたいな服を着た男性が、バストアップで写っており、顔はほぼ真正面だが、天候を気にしているのか、上を向いていた。髪は短髪でヒゲも蓄えていない。痩《こ》けた頰《ほお》はふっくらしている。しかしジャケットのヒロと同一人物にちがいなかった。

長崎は盗撮しただけでなく、近所に聞きこみをして、ヒロについての情報も集めていた。探偵とは名乗らず、テレビ番組の制作会社だと名乗って名刺まで渡し、ヒロの定食屋を取材するにあたっての事前調査と偽り、聞きだしたらしい。

ヒロは橋本広志《はしもとひろし》という、ごく平凡な本名で、店の奥と二階が住居で、義母と妻、娘の四人で暮らしていた。

「久美子《くみこ》という女性と、できちゃった婚、いまで言う授かり婚をしています。ヒロは自称ミュージシャンの無職でしたが、クミコの父親に俺の店で働いて、跡を継げば結婚を許すと条件をだされ、あっさり承諾したそうです。ただし婿入りしたのではなく、表札には橋本と鈴木《すずき》の名前が並んでいました。義父は七年前になくなり、言いつけどおりに店を継ぎ、いまも潰《つぶ》さずにつづけているのですから、ミュージシャンよりも性にあっていたのでしょう」

長崎の話を聞きつつ、一男はミクシィの日記を見ているうちに、気づいたことがあった。

「これって」一男は日付を指差す。「ぼくと江津子が結婚した日とおなじなんですが」

「マジですか？」

「出来ちゃった婚で娘がいると言いましたね。その子はいま」

「この春から高校生です」

一男は言葉を失った。

ヒロは江津子と久美子、二股かけたうえに、どちらもほぼおなじ時期に孕《はら》ませた。そして久美子を選んだ。捨てられた江津子は一男の元にあらわれ、ヒロの子どもを生み、その六年後、交通事故にあって命を落としたということになる。

もしヒロが久美子ではなく、江津子と結婚していたら？

江津子は死なずにすんだかもしれないし、ひかりが白血病を患い、いまのように再発したとしても、江津子なりヒロなりが、骨髄移植をできたかもしれない。そして一男自身が、これほどまでに思い悩むこともなかった。運命のいたずらと呼ぶには度が過ぎている。

神様、神様。あなたはなんのために、こんな仕打ちをなさったのですか。

「ヒロの居場所が確認できた翌朝、あなたに電話をして、娘さんのへその緒をお借りしました。でもＤＮＡ鑑定をするためには、ヒロの体液を手にいれなければならない、今回は時間がなかったので、手っ取り早く確実な手段を取りました」

「なにをしたんです？」

「三日ほどヒロの定食屋を張りこみましてね。夜九時に店を閉めたあと、ヒロはひとりで呑みにいくのが日課でした。いきつけの小料理屋でビールの小瓶とお銚子を一本ずつ、おつまみを二、三品と慎ましやかで、一時間程度で切りあげます。その帰り、人通りがなく街灯もない、暗い細道で、酔ったフリをしていちゃもんをつけ、顔面にパンチを食らわしました」

「へ？」予想外のうえ、あまりに荒っぽいやり方に、一男は思わず、変な声をだしてしまった。

「相手にダメージを与えないよう、せいぜい口の中を切る程度に力を加減するのが難しいんですがね。どうにかウマいことできました。それから、すまんすまん、ついカッとなってと、ハンカチをだして、口元の血を拭き取ります。作戦終了と、その場を立ち去ろうとしたら反撃されまして、このザマです」

そこで長崎はサングラスを外した。左目の周辺に、漫画みたいな青痣《あおあざ》ができている。

「す、すみません、ぼくのせいで」あまりの痛々しさに、一男は思わず詫びてしまう。

「どうぞお気になさらずに。これも仕事のうちです。昔はあんなヘナチョコパンチ、軽くよけられたはずなんですよ。そいつをまともに食らっちまうなんて、自分の不甲斐なさを痛感しましてね。昨日からジムに通いだしました。いや、失敬。俺の話をしている場合じゃなかった。これがＤＮＡ鑑定の結果です」

なにやら数字が羅列した表で、その上にこう記されていた。

〈ＤＮＡ親子鑑定の結果：親子関係　肯定〉

8

「いらっしゃいませぇ」

店に入ると、威勢のいい声に出迎えられた。一男はそちらを見て、ドキリとした。ひかりとよく似た女の子だったからだ。

「お一人様ですかぁ」

「あ、うん」

「こちらにどうぞぉ」

女の子の勧める席に着く。夜の七時前で、店内は七割方、埋まっていた。大半は男性で、背広姿が目立つ。会社帰りに夕食を食べにきているようだ。

「萌奈《もな》ちゃん、おかわりもらえるぅ？」

年配の男性が手をあげると、女の子が「はぁい」と答えながら近づき、茶碗を受け取った。見れば見るほど、ひかりに似ており、一男は目を離せなくなってしまった。

橋本広志の娘にちがいない。萌奈という名前は、長崎からもらった調査報告書で知った。

橋本広志が義父から継いだ定食屋は、東京の東の果てで、埼玉と千葉、いずれにも歩いていける町にあった。

「お決まりですか」

べつの女性がテーブルに水を置き、訊ねてきた。年齢は四十歳前後だろうか。

「あ、えぇと」

メニューを手に取り、開く前に壁の貼り紙が目に入った。『一番人気　ちくわカレー』とイラストつきで書いてある。

「あ、あれ」

「ちくわカレーですね」

「どんなのです？」

「具がちくわで、カレーに出汁が入っているから、ちょっと和風の味わいになっています。もともと主人の得意料理で、まかないだったのを常連さんにだしたら好評だったので、メニューに加えたんです」

ちがう。得意だったのはちくわカレー普及委員会初代委員長の江津子だ。あなたの主人ではない。そう思いながらも「ではそれで」と注文した。

「ご飯大盛り無料ですけど、いかがなさいます？」

う。

「お願いします」

「お父さん、ちくわカレー、ご飯大盛り一丁っ」

「はいよぉぉ」店の奥にある厨房から返事がした。そこには作務衣を着た男の背中が見えた。橋本広志にちがいない。メニューを取りにきたこの女性は、妻の久美子だろう。

「こんばんはぁ」「失礼しまぁす」「ちぃぃぃっす」

学生服の男子がぞろぞろと入ってきて、入口で一塊になる。体育会系の部活の帰りらしく、汗臭さが漂ってきた。

「先輩、きてくれたんですかぁ」

萌奈が、彼らに駆け寄っていく。

「おお。七人だけど入れる?」

「奥に座敷があるんで、そちらへどうぞ」久美子が言った。「萌奈、案内してあげて」

「はぁい」萌奈はうれしそうだ。笑うとよりいっそう、ひかりに似ている。だがひかり本人の笑顔を一男はしばらく見ていなかった。

「おい」厨房から作務衣姿の男が顔をだし、久美子に話しかけた。広志だ。一男はハッと息を飲む。「なんだ、あの連中」

「萌奈の友達でしょ」久美子が面倒臭そうに答える。

「全員、男だぞ」

「だからなに？」

「萌奈ちゃんは美人だからなぁ」ご飯のおかわりをした年配の男がからかうように言う。「ご主人も心配だよなぁ」

「そういうわけじゃ」

広志が言い返そうとするのを、久美子が遮った。

「ほんと、このひと心配性で。やんなっちゃいますよ」

「なぁに？　あたしがどうかした？」

萌奈が戻ってくると、広志は厨房に引っこんでいく。

「どうもしないわよ。あの子達にお冷や、持っていってあげてちょうだい」

どうということのない、親子三人のやりとりだ。でも一男には、幸せを見せつけられている気がして、たまらなく辛かった。ひかりが病気でなければ、江津子が死んでいなければ、我が家だってと思わざるを得ない。羨望と嫉妬が胸の中で渦巻き、息苦しくなる。

「お待たせしましたぁ、ちくわカレー大盛りでぇす」

運んできたのは萌奈だった。

「ご注文は以上でよろしいでしょうか」

「は、はい。ありがとう」

一男は手を組み、食前の祈りをおこなってから、ちくわカレーを食べはじめる。間違いない。江津子が教えてくれた味とおなじだ。一男は目に涙が滲《にじ》んできた。慌《あわ》てて拭い、泣くのを堪《こら》えながら、ちくわカレーを口に運んでいった。

でてきたっ。

灯《あか》りを消して、真っ暗な定食屋から広志がでてきたのだ。ガラガラとシャッターを閉めて鍵をかけると、広志は歩きだした。長崎の調査どおり、いきつけの小料理屋へいくにちがいない。

一男はちくわカレーを食べたあと、近所のコンビニにあるイートインで時間を潰し、十分ほど前に戻ってきて、定食屋のあたりをうろついていた。二、三十メートル離れていた広志を早足で追っていく。車道はいくらか車の行き来はあるものの人影はない。広志が赤信号で立ち止まる。一男は一気に距離を縮めるために走る。

「橋本さんっ」

「あん？」訝《いぶか》しげな顔つきで、広志が振り返った。

「は、橋本広志さんで、い、いらっしゃいますよね」

「そうですけど。どなたです？」

「ぼ、ぼくは御堂一男と言いまして」走ったせいで、少し息が乱れた。「え、江津子の夫です」

「はぁ？」

「あなたがヒロと名乗ってミュージシャンだった頃、『世界の端っこで愛を叫んでも』という歌で、エッコマイラブと唄った江津子です」

広志は目を大きく見開き、珍しい生き物を発見したかのように、一男をまじまじと見た。

「突然で驚かれますよね。すみません。でもじつはあなたにお願いしたいことがあるんです」

「俺に？　なにを？」

「ぼくには十五歳の娘がいます。この春から高校へ通うはずでした。じつは一昨年のクリスマスイブに倒れて、急性骨髄性白血病、いわゆる血液のがんだとわかり、一度は抗がん剤で治ったのですが、今年の三月に再発してしまいました」

「それが俺になんの関係が」

「最後まで聞いてくださいっ」一男は声を張りあげていた。「今度は抗がん剤だけでは難しく、骨髄移植が必要だと医者に言われました。だけどぼくの骨髄は娘と適合しなかったんです。それどころか、白血球の型からして、ぼくと娘は親子ですらありませんでした」

「江津子は、いや、奥さんはそのことについて、なんて言ってんだ」

「江津子は八年以上前、交通事故で亡くなりました」

「マジかよ」広志は小さな声で言った。

「娘の白血球の型は日本人に少ない珍しい型で、骨髄バンクに登録しているドナーにもまだ、適合者が見つかっていません。ただ血縁者ならば適合する確率が高くて、そこであなたにお願いを」

「待てよ、おい。それじゃなにか。その娘さんが、俺の子どもだっていうのか」

一男は口を閉ざす。そうだと認めたくない自分がいた。それでもどうにか「はい」という返事を絞りだした。

「どこにそんな証拠が」

「娘のへその緒と、あなたの血でＤＮＡ鑑定をしました」

「俺の血なんかどうやって」そう言いながら、広志は右頬《みぎほお》を擦《こす》った。「このあいだ、喧嘩ふっかけてきたヤツがいたが、ありゃ、あんたのグルだったのか」

「す、すみません．急を要していたものですから。お願いします。白血球の型を調べさせてください。適合すれば、ぜひ娘に骨髄移植を」

「無茶言わないでくれ。俺にだって家族がいるんだ。そんな話知れたら」

「あなたの家族を傷つけるつもりはありませんっ。それにあなたと江津子がどうだったとか、そういうことはもうどうでもいいんです、生物学上はあなたが父親かもしれないけれど、でもぼくこそが父親なんです。ぼくはひかりを、娘を失いたくない。お願いです、娘のために、あなたの血液を調べさせてくださいっ」

「ま、待ってくれ。いきなりそう言われても困るよ。な。あんたも少し落ち着けって」

広志はどこからかだした煙草を口にくわえ、ジッポで火を点けた。そして深く吸いこみ、煙を吐きだす。さらにもう一服吸ってからだ。

「三百万円」

「はい？」

「三百万円払ってくれたら、考えてやらなくもない」

「そ、そんなお金」

「払えないのかい？　大事な娘の命がかかっているのに？」

　あなたの娘でもあるんですよ。

　そう言いかけたが、一男は飲みこんだ。

「現金で頼む。俺の携帯の番号を教えるから、金の準備ができたら連絡をくれ。三百万円びた一文まけないからな。いいな？」

　紫煙を燻《くゆ》らせながら、広志はにやついている。嫌な笑い方だ。

　ルシファー。

　この男は悪魔なのか。


　ひかりが笑っている。

　ほんの少し口角があがっているだけにせよ、珍しいことだ。クリーンルームのベッドで、ひかりは上半身を起こし、スマートフォンを見つめていた。

「なに見てる？」

　一男はできるだけ刺激しないよう、ごく自然に訊ねた。

「上原くんが動画送ってきたの。見る？」

「おお」

ひかりが思った以上に機嫌がいいのでホッとする。そして娘のスマートフォンを覗《のぞ》きこむ。

サッカーのユニフォームを着た男子が十人ほど遠くに見える。すると手前に上原がひょっこりあらわれた。彼もまたおなじユニフォームだ。

「ひかりのために、ストライクだしまぁす」

そう言ってくるりと振り返り、ボウリングの玉を放る真似をする。なかなかキレイなフォームだ。しばらくして遠くの男子がばたばたと倒れていく。彼らはピンだったらしい。そして上原がこちらを見て、ガッツポーズをとった。あまりの無邪気さに笑ってしまう。一男の前では大人っぽく振る舞うが、こちらが本来の上原にちがいない。

「高校でも上原くん、サッカー部に入ったんだな」

「うん。でも超弱小チームで、ぜんぶでちょうど十一人しかいないんだって。しかも練習もせずに、こんなことばっかやってるみたい」

そう言いながら、ひかりはとてもうれしそうだ。娘を喜ばす役目は、父親の自分ではなくなったのだと痛感する。

「今度、上原くんに見舞いにきてもらおうか」

「でもここって家族以外はいけないんでしょ」

「青木先生に相談してみるよ。友達ひとりくらいは平気じゃないかな。上原くんは友達どころか、おまえにとっては命の恩人だし」

「それってもしかして」

「なんだ?」

「私が死んじゃうから?」

「なに言ってるんだ。莫迦言うな」

「ムキになるところがいっそう怪しい」

「おいっ。いい加減にしないと怒るぞ」

「冗談だって」

「冗談でも言っていいことと悪いことがある」

「神様のクソ野郎とか?」

「おいっ」

「だから冗談だってば」

ひかりは力なく笑う。そんな娘を見て、父親の定食屋を手伝う萌奈を思いだす。

橋本広志と会って一週間が経つ。でもまだ三百万円は準備できていない。どれだけかき集めても三分の一にも満たない。今日はこれからガソリンスタンドにバイトへいくのだが、店長の米山にバイト代を前借りできないか、お願いするつもりだ。

「っていうか、あれは悪魔が言わせたんだと思う」

「え？」

「ときどき夢にでてくるの。悪魔が」

「どんな夢だ」

「六歳の私がお母さんといっしょに、歩道橋をのぼっていくとね。男のひとと、私と同い年くらいの女の子の親子っぽいふたりとすれちがうんだ。そしたらお母さんが私を置いて、ふたりを追いかけちゃうの。ひとりは怖いから、私も歩道橋をおりると、お母さんと男のひとが言い争っていてさ。お母さんの手を摑む私を男のひとが見ててね。どんな顔なのかわからないのに、ニヤニヤ笑っていて、コイツは悪魔だって気づくんだ。そこへさっきの女の子があらわれると、なぜか彼女も私で、その私を悪魔が抱きあげ、どっかへいっちゃって、残った私に、お母さんがごめんって謝るんだけど、理由を訊ねても答えてくれなくて、ただひたすら謝りつづけて、そこでいつも目覚めるの」一拍置いてから、ひかりは一男を上目遣いで見た。「お父さん、これと似た話をお母さんから聞いたことがない？」

「ないよ。おまえの夢だろ」

「夢にしては生々しいというか、やたら現実味があるんだ。もしかしたら実際にあったことが元になっているんじゃないかって。街中で男のひとにイチャモンつけられたようなこと、お母さん、話していなかった？」

「ないなぁ」

もしあれば江津子は話していただろう。毎日、夕食時には、お互い自分の身に起きた話をしたものである。ひかりを伴っていれば尚更だ。

するとある考えが一男の頭をよぎった。

幼い娘を連れていた江津子は、橋本広志と偶然、どこかで出会《でくわ》したのではないか。

しかし橋本広志が住む町とこの町では、電車を乗り継いで二時間近くかかる。そんな偶然が起こるとは到底思えない。

ただ一男はひかりの夢の話で、気にかかることがあった。お母さんがごめんと謝ったというところだ。

一男くん、聞いて。あたし、あなたに謝らなければならないことが。

泣きじゃくる江津子の声が、ふたたび耳の奥で甦ってきた。

「あ」

「どうした？」

「上原くんからまた動画がきたんだ。いっしょに見ようよ」

一男は横たわる娘と並ぶように立って中腰になり、スマートフォンを見る。さきほどとおなじだ。遠くに十人ほどの男子がいて、手前に上原があらわれる。だが今回はデッキブラシを持っていた。

「ひかりのために、ワンショットでナインボールぜんぶ入れちゃいまぁす」

それから上原はデッキブラシをビリヤードのキューのように持ち、突く真似をした。しばらくして遠くの男子があちこちへ飛んでいった。上原がこちらを見て、ふたたびガッツポーズをとる。

「ボウリングのほうが出来いいよね、お父さん」

「だな」

「それにしてもこんなことばっかしてないで、サッカーの練習しなきゃ駄目じゃんね」

そう言いながら、ひかりがくすんくすんと鼻を鳴らすのが聞こえた。その横顔を見ると、頰に涙が伝っていた。

「どうした、ひかり？」

「上原くんが動画を送ってくれるのって、すっごくうれしいんだ。でもさ。私が死んじゃったら、しばらくは悲しんでくれるかもしれないけど、そのうちカノジョをつくって、結婚して、家庭を築いて、私のことなんか、ただの青春の一頁でしかなくなっちゃって、呑み会の席とかでちょっとイイ話っぽく語られるだけで、そんなふうに考えると、つらくてたまらないんだ」ひかりは嗚咽《おえつ》を漏らしながら、訴えるように言う。

「お父さん、お父さん、私、生きておとなになりたい、死にたくない」

「死なせない。お父さんがぜったいに死なせない。安心しなさい。必ず連れてくる」

ひかりは涙に濡れ、真っ赤になった瞳で一男を見る。

「だれを連れてくるの？」

「それはあの」しまった。一男が連れてくると言ったのは、橋本広志のことだ。思わず口を衝いてしまったのである。「う、上原くんをだよ」

「なんだ、そっか。でもちょっと会うの怖いな」

「どうしてだ？」

「いまの私見て引くかもしれないじゃん。髪の毛ないのはウィッグでごまかせるけど、けっこう頬こけちゃってるし」

「だいじょうぶさ。それだってじゅうぶんかわいい」

「親の言うかわいいほど、アテにならないものはないって」ひかりは患者衣の袖で涙を拭った。「泣いたらつかれちゃった。もう寝るから、お父さん帰っていいよ」

「俺はいつでもかまいません。なんでしたら今日、これからでも」

「今日は平日だろ。きみだってこれから学校いかなくちゃいけないんだし」

「休んでもいいです」

「よかないよ」

翌朝だ。いつもどおり一男は駅前でチラシを配っていた。上原もいたが、八時二十分には学校にいかねばならない。そのいきがけに、ひかりの見舞いにきてほしいとお願いした。

「今度の土曜はどうだろう」

「だいじょうぶです。っていうかなにがあっても、そっちを優先します」

「昼の三時でいいかな」

「わかりました。なにか差し入れとかは」

「お心遣いはけっこうだよ。身ひとつできみがきてくれれば、それだけで娘を励ますことができる」

「わかりました」

「あ、でもひとつだけ。再入院してからまた、抗がん剤を投与しているせいで、だいぶ痩《や》せてしまってね。見た目が昔と少しちがうから驚かないでくれ。本人も気にしているんだ」

「俺、彼女のこと、見た目で好きになったんじゃありません」

「言うじゃんかよ、色男っ」

一ノ瀬が上原の背中をバンッと叩いた。彼も毎朝、チラシ配りを手伝っている。

「痛いですって、一ノ瀬さん」

「痛いように叩いたんだから、当たり前だろ。嫉妬だよ、嫉妬。俺もひかりちゃんみたいなカノジョがいれば、高校をやめずにすんだんだけどな。そうだ。おまえの学校の女の子、だれか紹介してくんないか」

「一ノ瀬さん、二十歳過ぎでしょ？　女子高生とつきあったら、淫行条例に引っかかりますよ」

「おまえ、そういうとこが可愛げないぞ」

一ノ瀬の文句を半分も聞かずに、「それじゃ」と上原は駅へ走り去っていく。その背中を見送りながら、チラシ配りを再開しようとする。しかし一ノ瀬がじっと自分を見ているのに、一男は気づいた。

「どうしました？」

「昨日、店長にバイト代の前借り頼んだって、ほんとッスか」

「うん、まあ」

バイト代の前借りとなると、本社と相談しなければならないが、そんな前例はないので、間違いなく却下されるだろう。でもきみの事情はよくわかる、私個人が無利子無担保無期限で貸そう。

そして店長の米山は金額を訊ねてきた。百万円のつもりだったものの、半額を口にした。だが米山は顔を強張らせ、ごめん、十万円が精一杯だと申し訳なさそうに言った。でも一男はありがたく借りることにした。ゼロよりもずっとマシだ。

「これ」一ノ瀬がジャケットのポケットから、茶封筒をだした。「俺からッス。これしか用立てなくて悪いんですが」

受け取って一男はギョッとした。けっこうな厚みだったからだ。

「三十万円あります。俺は貸すなんてケチなことしません。お布施じゃなくて、えっと、献金します」

「こんな大金、どうやって」

「バイトで貯めたお金ッスよ。これは高校中退して、散々悪さしてきた償いでもあるんです。それに俺、バイトつづけられてるの、御堂さんのおかげですし、そのお礼でもあるんスよ」

「ぼくはなにも」

「正直、最初のうちはこのオッサン、イイ歳こいて本業の牧師で食えなくて、ガソリンスタンドでバイトだなんてダセーと思ってましたよ。でもどんなことにも一所懸命で、手を抜かない御堂さんを見てたら、カッコイイなって、俺も真面目に働くようになったんです。マジ、リスペクトしてるんスよ、御堂さんのこと。もし結婚して子どもできたら、御堂さんみたいな親父になります」

9

「いつまで待たせるつもりなんだ」

スマートフォンのむこうからドスの利いた声がした。橋本広志だ。

「え、あ、あの」

「いつになったら、三百万円できるんだって訊いているんだ」

「いつと言われましても」

「なにモタモタしてるんだ。おまえ、娘を救う気あんのかよ」

「ありますよ。あるに決まってるじゃないですかっ」

そのために一男はパソコンを駆使して、自宅と教会を担保にして借金はできないか、調べていたところだった。

「だったらいま、手元に現金はいくらある？」

「百二十万円ほどですが」

「まだそんだけかよ。しょうがねぇな、まったく。とりあえず今日、有り金ぜんぶ持ってこい。もちろんそれでイイってわけじゃねぇからな。残りもきっちり払ってもらう。あんた、ウチにくるとき、どこの駅を使った？」

一男は駅名を答える。

「その駅からウチへくるまでのあいだに、神社があっただろ」

「すみません、よく覚えていません」

「チッ。使えねぇな」

広志の舌打ちが耳の奥にまで響く。一男は不愉快でならなかった。どうして江津子はこんな男を好きになったのか、生きていれば問い詰めたいとさえ思う。幸いなのは広志の性格が、ひかりに受け継がれていないところだろう。

「神社って言ったら、教会の競合店だろが。そういうのチェックしなくちゃダメなんじゃね？」

そんなことはない。

「小学校があったのはわからねぇか」

「ありました」小学校かどうかはわからない。だが学校はたしかにあった。

「その真向かいに神社があるんだ」

「念のため、名前を教えてもらえませんか。ネットで調べてみます。できれば小学校の名前も」

広志は面倒くさそうに答えた。

「いまからでて、こっちには何時に着く？」

「一時過ぎには」

「まだランチの時間だな。それじゃあ二時にその神社で会うとしよう」

「あっ」

二回目の乗り継ぎのため、電車を降りた瞬間だ。一男は今日の三時、上原くんがひかりを見舞いにくることを思いだし、つい声をだしてしまった。

どうしていままで気づかなかったのだろう。

お金のことで、頭がいっぱいになっていたせいだ。病院には言付けてあるので、上原くんが門前払いを食らうことはない。ホームを歩きながら考えているうちに、上原くんの動画を見て笑っていた娘を思いだす。

ふたりきりのほうがいいか。

東京方面へ向かうホームまで移動し、乗車口に並んでから娘にＬＩＮＥを送る。

〈用事ができて病院にいけなくなった。上原くんが見舞いにきても、はしゃぎすぎないように〉

〈わかった。気をつける〉

一分もかからずに絵文字をわんさか使った返事が戻ってきた。かわいらしくアレンジされたキリスト様が、こちらに親指を立てるスタンプもいっしょだった。

神社には無事、辿り着くことができた。約束の二時より十分早く鳥居をくぐって境内へ入っていく。その広さは自分の教会と自宅をあわせたのとおなじくらいで、社はこぢんまりとして荘厳《そうごん》さこそないものの、かといって貧相ではなく、落ち着いた品のいい雰囲気を漂わせている。カタチはちがうし、神様もちがう。だが自分の教会と相通じるものを感じ、一男は宗教の垣根を越え、親近感を持った。

手を叩く音がする。参拝をしているひとがいた。背中からでも作務衣《さむえ》姿から広志にちがいない。

「よぉ」一男に気づくと、軽やかな足取りで階段を下りてきた。「ご苦労さん」

どう応じていいかわからず、一男は会釈しかできなかった。

「早速だけど、金、渡してもらおうか」

まるで漫画でも借りるような口ぶりだ。

「その前にひとつ、訊ねたいことがあるんですが」

「なんだよ」広志の眉間《みけん》に皺が寄る。「俺、夜のしこみしなくちゃいけないから、ゆっくりはしてられねぇんだけどな」

「別れたあと、江津子と会ったことがありますか」

「それ知ってどうすんの、あんた？」

「幼い頃の娘が、あなたを見たことがあるかもしれないんです。そのときの光景を何度も繰り返し夢に見るのだと」

広志の表情が変わる。なにか思い当たることがあるのだと、一男は確信した。

「どんな夢だ？」

「江津子といっしょに歩道橋をのぼっていくと、自分と同い年くらいの女の子を連れた男性とすれちがうそうです。すると江津子は娘を置いて、そのふたりを追いかけていってしまう。言われたとおりに待っていたけれど、幼い娘は心細くなり、江津子の許へいく。すると江津子はさきほどの男性と言い争っていた。ただし男性の顔ははっきりとわからなくて」

「不思議だな」気づけば広志は煙草を吸っていた。「ウチの娘も似たような夢を繰り返し見るらしい。俺といっしょに歩道橋を下りていくと、自分と同い年くらいの女の子を連れた女性とすれちがう。しばらくするとその女性が追いかけてきて、俺と言い争うのもおんなじだ。夢にしては現実味があって生々しい。実際に起きた出来事じゃないかと、娘に問い詰められたこともあった」

「娘さんにはどうお答えになったのですか」

「まるで身に覚えはない、夢は夢だと」

「ほんとは？」

「あんたの住む町から少し離れたところに、アウトレットモールがあるだろ。おなじ敷地内にカラオケやボウリング場や映画館まであって、マスコットキャラがウサギのハネルくんっていう」

「ありますが」一男ははたと気づいた。「そこで会ったんですか」

「そのモールがオープンしたばかりでな。女房が欲しがってたブランド品のバッグが安かったんで、娘を連れて、車飛ばしていったんだ。娘はもう幼稚園に通う歳だったが、春休みだったと思う」

「江津子とはどんな話をしたのでしょう」

「嘘つきって怒られたよ」広志は煙草を吸いながら、ニヤついている。悪魔の笑いだ。「同棲していた頃に俺、おたふくのせいで、子どもができなくなった、だから俺は子どもを残す代わりに歌を残したいって言ったらしいんだ。そんなのすっかり忘れててさ。これ、俺の子って娘を紹介しちゃったんだよね。はは。莫迦だよなぁ、俺。あ、じゃあ、あんとき連れてたのも俺の子だったわけか。なるほどなぁ。なんで彼女があんなに怒っていたのか、いまになってわかったよ。長生きはするもんだ」

広志の胸倉を摑んで二、三発殴ってやりたい衝動にかられる。だがそんなことをしても意味がないと、一男は自分を抑えた。

「この話はこれでオシマイな」広志は右手を差しだしてきた。「金」

どうしてこんな男に、金を渡さなければならないのだろう。

情けなくて涙がでそうだ。だいたい実の娘が死にかけているのに、それをネタに三百万円もの大金を巻き上げようとする神経がわからない。

「早くしろよ。まさか持ってきてないなんて」

そこで広志の言葉が切れた。なぜか一男の肩越しを見ている。

「おまえ、どうしてここに」広志はかすれ声で言い、あとずさりしていく。

だれかと思って振り返れば、広志の妻、久美子だった。凄《すご》い形相でこちらに迫ってきている。

「ランチがおわった途端、店を飛びだすようにでていくから、変だなと思ってついてきたら案の定」

一男よりも先に広志はここに訪れていたのだから、久美子はいままで境内のどこかに隠れて、様子を窺っていたようだ。

「ちがうって」

「ちがうってなにがちがうのよっ」

夫の間近に立ち止まり、久美子ががなりたてた。

「いや、だからその、おまえの考えているようなことはしていない」

「だったらなにをしていたのさ。あんた、このひとにいま、お金をせびっていたわよね」と言ってから久美子は顔を一男に向けた。「なんのお金？」

「そ、それはその」

「このひとになにか弱味握られて、金を請求されたんでしょ。わかっているのよ。いくら？　三十万？　五十万？　百万？」

「さ、三百万円です」

久美子に気圧《けお》され、一男は答えてしまう。するとその途端、広志が踵《きびす》を返して走りだした。

「ざけんなこらぁ」

久美子が追いかける。凄い速さで瞬く間に距離を縮めていく。さらに驚くべきことが起きた。久美子が宙を飛んだかと思うと、広志の背中を蹴り飛ばしたのだ。

「逃げられると思ってんのか、このボケナスがぁ」

「どうしてあなたがウチの莫迦亭主に三百万円を渡さなければならないのか、その理由を聞かせてください」

久美子が言った。

夫の背中に飛び蹴りを食らわした女性と同一人物とは思えないくらい、物静かな口調だ。

ここは橋本夫婦の定食屋である。久美子は夫の首根っこを摑み、ここまで連れ帰ってきた。あなたもいっしょにきてくださいと彼女に言われ、一男はおとなしく従った。

「少し長い話になりますが、よろしいでしょうか」

「かまいません。どうぞ」

一男はひかりの病気のことから話をはじめた。自分の骨髄が適合しないどころか、親子関係が確認できないと言われたため、探偵を雇い、実の父親を捜してもらって、広志に辿り着いたものの、三百万円現金で払ったら、骨髄の検査をしてやってもいいと言われたことまで、一部始終を話した。

かれこれ三十分以上かかった。そのあいだ、広志は何度か口を挟もうとしたが、久美子に睨まれ、なにも言えずにいた。いまではすっかり観念したらしく、肩を落として身動きひとつしない。

「江津子さんって」広志を見る。「エツコマイラブの?」

「うん、ああ」

「『世界の端っこで愛を叫んでも』ですね」一男が言った。

「ヒドいタイトル」久美子は鼻で笑う。「歌詞もメロディもどっかで聞いたようなヤツでさぁ。よくもまあ、あれで歌手になろうとしてたよね。しかもその夢をまだ諦めてないんだから、どうかしているわ」

「うっせえな」

「このひと、呑み屋で知らないひとと同席して、なんやかんや聞きだして、不倫していたり、会社のお金をチョロまかしたりしていたら、昼間に会いにいって、口止め料を脅し取っていたんです。その金でスタジオを借りて、レコーディングして、CDをつくろうとしましてね。ところがそのうちのひとりから、脅迫罪で訴えられそうになって、私が弁護士に相談をして、どうにか示談でおさまりました。五年前のことです。今度もあなたから三百万円巻き上げて、おなじことをするつもりだったんだわ、きっと」

「ちげぇよ」

「じゃあ、なにに使おうとしたのよ」

「CDじゃなくて動画配信だ」

「はぁ?」

「ネットで世界中のみんなに、俺の歌を届けようとしたんだ。そのためにカメラやマイク、ミキサー諸々の機材を購入して、キーボードも新調して、ひとりでやるのは大変なんで、ひとを何人か雇って、どこか場所も借りようと思って」

「寝ぼけたこと言ってんじゃないよっ」

久美子は叫ぶと腰をあげ、夫の頬を引っ叩《ぱた》いた。見事にヒットし、乾いた音が店内に響き渡る。

「御堂さんもどうぞ」

「は？」なにがどうぞなんだ。

「私は右の頬を叩《たた》いたんで、左の頬を叩いていいですよ。聖書にもありますよね。右の頬を叩いたら左の頬も叩けって」

「ちがいます。『新約聖書「マタイによる福音書」第五章三十九節』、〈だれかがあなたの右の頬を打ったら、左をも向けよ〉です」

「だってよ、莫迦亭主っ。左をも向けて、御堂さんに叩かれろ」

「いや、あの」

「平手じゃ気がすまないなら、グーでいっちゃってください。いっそのこと頬じゃなくて、真正面から鼻めがけて」

「ぼ、ぼくはけっこうです」

「どうしてですか。あなたの大切な娘が命の危機にさらされているというのに、しかも実の娘だとわかったうえで、骨髄の検査さえせずに、三百万円の金を要求したんですよ。それを諦め切れない自分の夢に使おうとしていた。こんなヤツ、許していいんですか」

「許せません」

「だったら」

「彼を叩いても殴っても、なにも問題は解決しません。娘の病気は治らないのです」

「それはそうですが」

と言いながらも久美子は不満顔だ。夫に対する怒りも到底収まらないらしく鼻息が荒い。広志は俯《うつむ》き、妻に叩かれた頬を擦《さす》っている。

「奥さんはいつお亡くなりになったのですか」

しばらくして久美子が訊ねてきた。

「かれこれ十年になります」

「男手ひとつで女の子を育てるのは大変でしたでしょう」

「ええ。でもそれ以上に、娘を育てる喜びを江津子と分かちあえないのかと残念でなりません。自分で独り占めしているようで、妻に悪い気もするくらいです。ひかりのオルガン演奏を聞く度に、江津子に聞かせてあげたかったと思います」

ああ、そうか。

一男は音痴だった。楽譜は読めないし、楽器もなにひとつ奏でることはできない。江津子もだ。音楽は好きだけど、聞くのが専門とよく言っていた。でもひかりはちがった。小学校にあがってから、お父さんの手伝いをしたい、教会のオルガンを弾かせてほしいと言いだし、信徒に賛美歌を教えてもらうと瞬く間に上達した。賛美歌だけではない。楽譜がなくても一度耳にすれば、どんな曲でもすぐに弾ける。

娘の才能は広志のＤＮＡのおかげだったのか。

悔しいが認めなければならない事実だ。

「ただいまぁ」

ドアが開き、橋本夫婦の娘、萌奈が入ってきた。

「店から入ってきちゃ駄目だって言ったでしょ」

「べつにイイじゃん」

母親の注意を萌奈は歯牙にもかけなかったものの、一男がいるのに気づくと、「こ、こんにちは」と慌てて姿勢を正し、ぺこりとお辞儀をしてきた。

「こんにちは」

一男も会釈をする。見れば見るほど萌奈はひかりによく似ていた。

「そうだ、お父さん」

「なんだ」

「五時半にサッカー部のひと達がきて、祝賀会開くからさ。部員全員なんで十五人。ひとり千五百円で料理つくってあげてちょうだい」

「いきなりそう言われても」

「いきなりじゃないでしょ。あと二時間以上あるわ。材料足りなければ買ってくるし、つくるのも手伝うからさ。お願い」

「祝賀会ってことは今日の試合、勝ったの？」

「もちろん」母親の問いに、萌奈はにこやかに答える。「私が応援にいったんだもの。当然でしょ」

そう言い残し、萌奈は奥へ消えていく。つづけて聞こえてきたトントントンと快調なリズムは、彼女が階段を上る音にちがいない。

「病院へはいつ連れていけばよろしいですか」

久美子が言った。その意味がわかるまで、一男は少し時間がかかった。

「え、では」

「検査は受けさせます。いいわね、あなた」

「ああ」

「え、えっとあの、それじゃいま、担当医に連絡をしますので」

するとポケットの中でスマートフォンが鳴った。だして画面を確認する。まさに病院からだ。

「もしもし」

「御堂さん、いまどちらにいらっしゃいます?」

青木先生だった。

「東京ですが」と答えてから、相手の息が荒いのに気づいた。「ひかりになにかあったんですか」

「それがその、いないんです」

「いないって」

「病院を抜けだしたんですよ」

10

〈用事ができて病院にいけなくなった。上原くんが見舞いにきても、はしゃぎすぎないように〉

ひかりの元に、お父さんからＬＩＮＥが届いたのは、お昼ご飯を食べおえたあとだった。上原くんとふたりだけにするつもりとは思えない。お父さんはそんな気を遣えるひとではない。ほんとに用事ができたのだろう。

その瞬間、ひかりは病院を脱出することにした。じつを言えば前々から企んでいたのである。だが実行する勇気がなかった。

このチャンスを逃したらオシマイだぞ。

自分に言い聞かせながら、ひかりは上原くんにＬＩＮＥを送った。

〈外出許可がでたの。見舞いにこなくていいけど、いっしょにいきたいところがあるから、三時に駅の北口で待ちあわせしない？〉

〈わかった。いきたいところってどこ？〉

どこだろう。

余命いくばくもないひとが、残りの人生でしたいことをノートに書き、それをひとつずつこなしていくという映画を見たことがある。でもいざとなると、なにも思い浮かばない。というか、上原くんとならばどこへいってもいいし、なにをしてもよかった。

ひかりはちょっと考えてから、文字を打った。

〈カラオケとボウリング〉

ＬＩＮＥを送信してから、ひかりは患者衣を脱ぎ、お母さんのお古である、白のワンピースに着替えた。一度目の入院で退院するときに着た服で、今回もこの服で退院できるようにと験《げん》かつぎに、父が持ってきていた。

身支度をしているうちに、看護師が入ってきたらどうしようかと思ったが、だいじょうぶだった。マスクをして、クリーンルームをでる。ウマい具合に廊下にはひとがいなかった。足早に階段へ向かい、駆け下りようと思ったが、足がもつれてコケそうなので、やめておくことにした。何人か医師や看護師とすれちがったものの、呼び止められずにすんだ。素直になんでも言うことを聞く、患者としては優等生であるひかりが、こんな行動をするはずがないと、だれもが思っているせいかもしれない。大胆かつ盲点をついた犯行だ。

一階までおりて、受付の前もなんなく通り過ぎ、エントランスを抜けて表にでた。捕まったときの言い訳も準備していたのに、使わずにすんだ。ホッと胸を撫で下ろしながら、ちょっと拍子抜けでもあった。

外にでたのは、ほぼ六週間ぶりなのだ。大きく深呼吸をする。ところが車の行き来がひっきりなしで、排気ガスの臭いを吸いこみ、咳《せ》きこんでしまった。

駅前で上原くんはぼんやり突っ立っていた。

とりわけカッコよくはない。服もいまいちダサい。でも、ひかりには輝いて見える。こちらに気づき、照れ臭そうに手を振る仕草も愛らしい。

ふたりの距離がまだ十メートルくらい離れたところで、ひかりは立ち止まり、ボウリングの玉を放る真似をする。上原くんはそれにあわせ、ピンのごとく倒れてみせた。するとだ。

「どうしたの、あなた。どこか調子悪いの?」

そばを通りかかった女性に声をかけられ、「だ、だいじょうぶです」と上原くんは慌《あわ》てて立ち上がる。「ちょっと目眩《めまい》がしただけで」

その様子を見ながらクスクス笑うひかりの許に、上原くんは駆け寄ってくる。

「思ったより元気そうじゃん」

「だから外出許可がでたんだよ」

平然と嘘《うそ》がつける自分に、ひかりは驚いた。

「何時までに帰ればいい？」

会う早々、帰りの時間を気にするなんて興ざめだぞ。

しかしこういうところが、上原くんらしい。

「七時までには病院に戻れば平気」

そのときどういうことになるか心配だが、いまは考えずにおこう。

「わかった。カラオケとボウリング、どっち先がいい？」

「どっちでも。あ、でもできればいつものとこじゃなくて、どっかべつの場所にしない？」

「どうして？」

「どうしてって」病院にいないことがバレて、だれかが捜しにくるかもしれない。

「デートだからだよ」

「デートなのか、これ？」

「つきあっているふたりが、いっしょにでかけるんだから当然でしょ」

「あ、うん。そうだな。デートだ」

「それと上原くん、スマホ持ってきてる？」

「ああ」

「電源切っておいて。私もそうするから」

「どうして？」

「私達のデートをだれかに邪魔されたくないの」

　自分が病院を脱出したことは、遅かれ早かれバレるにちがいない。そしたら見舞いにくるはずだった上原くんに連絡《れんらく》がいく可能性がある。上原くんはマジメだから、ひかりを病院に連れ帰ろうとするだろう。それを避けるためだ。

「わ、わかった」上原くんはひかりの言うとおりにする。「べつの場所ってどこがいい？　東京いくにも時間がないし」

「ここじゃなければ、どこでもいいよ。上原くん、どっかお勧めのところない？」

「カラオケとボウリングができて、ここからそう遠くはないとすると、あそこしかないかぁ」

　上原くんが連れていってくれたのは、駅前からバスで十五分ほどのアウトレットモールだった。ひかりはいくのがはじめてどころか、アウトレットモールの意味さえよく知らず、メーカー品や高級ブランド品などが小売店を通さずに直接販売するので、低価格で購入できる店舗が集まったところだと、バスの中で教えてもらったくらいだ。

「ほんとにきたことない？」

　バスを降りてから上原くんが訊ねてきた。

「ないよ。ウチのお父さんなんか、どれだけ安くても高級ブランド品に興味ないし、ましてや買おうとも思わないだろうし」

「そっか。でもモールの周辺には、カラオケやボウリング場、ゲームセンター、映画館もあって、一日中楽しめて、俺なんか小さい頃、家族揃《そろ》ってよくきてたけどな」

「けっこう前からあるんだ」

「俺達が生まれる前の年にできたらしいよ」

だとしたら、お母さんとはきたことがあるのではないか。そう思ったときだ。

「あっ」

「どうした？」

　バス停からアウトレットモールへ向かうには、四車線道路に架かった歩道橋を渡らねばならなかった。土曜の昼間だからか、ひとの行き来が多い。そんな中、階段をおりていく途中、はたと気づいたことがあり、ひかりは足を止めてしまった。

「どうした？」

「おんなじだ」

「なにが？」

昔から繰り返しよく見る、あの夢の光景とおんなじなのだ。お母さんと六歳のひかりが、三十歳前後の男性とひかりと同い年くらいの女の子とすれちがうのは、この歩道橋にちがいなかった。じつを言えば、今朝もその夢を見た。

「なんでもないよ。ごめんね。いこ」

階段を下りてから、さらにひかりを驚かすことがあった。着ぐるみのウサギがいくつも風船を持って、立っている。

「あれって」

「ウサギのハネルくんだよ。ここのマスコットキャラ。土日には必ずここで、子どもに風船を配っているんだ。俺もくる度にもらってたな」

「私も」

夢を見る度にもらっている。お父さんの分と必ず二個。

「なんだ。やっぱりきたことがあるんだ」

「うん」

夢の中で、とはさすがに言えない。

それにしても夢にでてきた場所がほんとにあるなんて、どういうことだろう。

いや、そうではない。

あの夢はやはり、実際にあったことが元になっていたのではないか。昔、お母さんとここを訪れた記憶が、夢の中でリピートしているのかもしれない。

だとしたら。

あの悪魔も実在するのか。


ひかりはカラオケで唄えなかったし、ボウリングもできなかった。ボウリングの玉どころか、カラオケのマイクも重く感じるくらい、体力が落ちていた。でも上原くんがひかりのリクエストで唄い、ボウリングでハイスコアをだす姿を見ているだけで、じゅうぶん楽しめた。

「そろそろ帰ろうか」

「うん」

ボウリング場から表にでると、陽が落ちて薄暗くなり、街灯が点きはじめていた。

ひかりは疲れて、歩くのもやっとだ。でもまだ帰りたくないという気持ちが大きい。

歩道橋を渡っていくと、バス停のむこうに公園があるのに気づいた。

「あの公園で少し休んでいってもいい?」

「わかった。そうしよう」

歩道橋を下りたところに自販機があった。

「ひかり、なんか飲む? おごるよ」

「私、冷たい緑茶をお願い」

上原くんもおなじものを買い、公園へ入っていく。思ったよりも広い。ところどころにベンチがあるものの、どこもカップルで埋まっていた。そのほとんどが、人目を憚《はばか》ることなく、ふたりだけの時間に浸《ひた》っている。

そんな中を上原くんはひかりの手を握ろうともしないで、少し距離を置いて歩いている。ひかりにしても、その距離を縮めることはできず、ついていくので精一杯だった。この公園に誘ったことも少なからず後悔している。十五歳のふたりには刺激が強過ぎる場所だった。

「ど、どうする?」上原くんが上擦《うわず》った声で訊ねてくる。「座るとこないし、やっぱり帰るか」

「あそこ空いてない？」

ひかりは空席のベンチを見つけて指差す。

「お、俺、先いって取ってくる。ゆっくりくればいいからね」

上原くんは走っていってしまう。置いてけぼりにしないでよと不満に思わないでもない。本人は親切のつもりでもどっか抜けているのは、お父さんにそっくりだ。

お父さんは病院から脱出した娘を、血眼になって捜しまわっていることだろう。そう考えると胸が少し痛んだ。でももうどうしようもない。

ベンチに辿《たど》り着き、上原くんの隣に座る。ただし二十センチほど離れてだ。それ以上近づくことはできない。

「見晴らしいいんだな、ここ」

上原くんの言うとおりだった。公園は高台にあり、その端《はし》にあるベンチからは、ひかりが住む町が一望できた。冴えない地方都市だが、思った以上に建物が密集しており、ネオンや街灯、車のヘッドライト、窓の灯《あか》りなどが織りなす夜景はなかなか見応えがあって、キレイだった。駅からバスで十五分のところに、こんな場所があったなんて、思ってもいなかった。

まだまだ世の中には自分が知らない場所がたくさんあって、でもそのほとんどぜんぶを見ないで、人生をおえてしまうんだ、私は。

そう考えると辛《つら》くてたまらず、涙がこみあげてきてしまう。上原くんの前では泣くまいと思っていた。だがもう遅かった。

「どうした、ひかり。だいじょうぶか」

「抱きしめて」

「え？」

「私、怖いの。怖くてたまらないの。だからお願い。抱きしめて」

「抱きしめてやれよ」

どこからか、男の凄《すご》んだ声がした。つづけてべつの男の声も聞こえてくる。

「カノジョさんがそんなにお願いしてんだからさぁ」

顔をあげると、男ふたりが間近に立っていた。二十歳前後といったところか。街灯に照らされたその顔は、いずれも品性のかけらもなく、卑しさを露《あらわ》にした醜い表情で、薄ら笑いを浮かべている。するとひとりがひかりの右腕を摑み、ぐいと引っ張った。

「よせっ」

止めに入った上原くんの脇腹に、もうひとりが膝蹴《ひざげ》りを食らわした。

「上原くんっ」

「おまえが抱きしめないから、俺達が代わりに抱きしめてやるんだよ」

「やめてっ」

抱きつこうとする男に抗《あらが》おうとするものの、もとから非力なうえに体力が落ちて、すっかり疲れ切っていたので、どうすることもできない。叫び声もでないほどだ。

最悪だ。

上原くんと最初の、そしてもしかしたら最後のデートになるかもしれないのに、こんなふたりを送りこんでくるなんて。

神様のクソ野郎っ。

心の中でそう叫んだときだ。

男の手がひかりから離れていく。と同時に「痛たたたた」と男が叫んだ。ひかりはよろよろと倒れるようにして、ベンチに座りこむ。息切れがして苦しい。見上げると、ひかりに抱きつこうとした男のうしろに人影があった。くしゃくしゃの髪に髭面《ひげづら》の、冴えないオジサンだ。どうやら男の左腕を本人の背中へ持っていき、捻《ひね》りあげているらしい。

「痛いって。放せっ。おい、なにぼんやり見てんだよ、俺のことを助けろっ」

上原くんに膝蹴りを見舞った男はそう言われると、オジサンのうしろへ回りこもうと試みる。だができなかった。オジサンの右脚があがったかと思うと、その爪先《つまさき》が彼の鳩尾《みぞおち》に突き刺さったのである。

「ひ、ひぃぃぃい」

オジサンに捕まったままで、男は情けない声を洩《も》らす。薄ら笑いを浮かべていたのが、いまでは半泣きだった。そんな彼にオジサンが妙なことを訊ねた。

「おまえ、聖書は読むか」

「い、いえ」

「聖書の中にいまの状況にぴったりな一節があるって知ってるか。エゼキエル書第二十五章十七節。されば心正しき者の行く道は、心悪しき者の利己と暴虐によって、行《か》く手を阻まれるものなり。愛と善意の名によりて、暗黒の谷より弱き者を導きたる彼の者に神の祝福あれ。なぜなら彼は兄弟を守る者。迷い子達を救う者なり。主なる神はこう言われる。我が兄弟を滅ぼそうとする悪しき者達に、私は怒りに満ちた懲罰《ちょうばつ》をもって、大いなる復讐を彼らになし、私が彼らに仇《あだ》を返すそのとき、彼らは私が主であることを知るだろう」

「そ、それがなにか？」

「『パルプ・フィクション』」ひかりは気づけばそう言っていた。「殺し屋役のサミュ

エル・L・ジャクソンが、ひとを殺すときの決め台詞《ぜりふ》
「よく知っているな。さすがは牧師の娘さんだ」

オジサンの言葉に、ひかりはハッとした。

私がだれか知っている？

「殺し屋？　ひ、ひとを殺す？」

男が涙声で言う。つづけて彼からアンモニアの匂いが漂ってきた。恐怖のあまり、オシッコを洩らしたにちがいない。

「こ、殺さないでください。ど、どうぞお許しを」

「だったらさっさといけ」オジサンは男の手を放し、その背中を衝いた。「俺の視界から消えるんだ。この公園に二度とくるな。だからってよそで悪さをしてみろ、いつだって俺がいって懲《こ》らしめてやる」

そんな莫迦《ばか》なことがあるはずがない。しかし男ふたりは信じたのか、這々《ほうほう》の体《てい》で逃げていった。

「立てるか、上原くん」

「はい。あの、でもどうしてぼくの名前を」

「ひかりさんの親父さんに頼まれ、きみたちを捜していたんだ」

「お父さんに?」

「訊きたいことは山ほどあるだろうが、話は車の中でするとしよう。ひかりさんは立って歩けるか。なんだったらオンブでも抱っこでもして運んであげてもいい」

「だ、だいじょうぶです」

「それじゃあいこう」


オジサンの車はかれこれ十五年は乗っているという、国産の軽自動車だった。

バス停側にある広大な駐車場から車をだしてから、オジサンは自己紹介をはじめた。名前は長崎と言い、ふだんは野良猫の世話をして暮らしているのだと笑った。

「だから猫の生態には詳しくて、迷子猫を捜して礼金をもらっている。独り者だから、それだけでじゅうぶん食っていけるんだ。そこを見こまれたのか、ひかりさんの親父さんから、娘が病院を抜けだしたから捜してほしいと頼まれた」

「え?」上原がスットンキョーな声をあげた。「ひかり、外出許可がでたんじゃ」

「なんだ。上原くんは知らなかったのか」

長崎は意外そうに言う。その口ぶりはどこか面白がっているように聞こえなくもなかった。

「ごめん」ひかりはソッコーで謝る。「嘘ついて」

「どうして？」

「上原くんとデートしたかったからだよ。でもこんなことになっちゃって、ほんとに悪いと思っている」

「いや、いいんだ。俺は俺で楽しかったし。でも結局、カッコ悪いとこ見せちゃったけど」

「そんなことないよ。助けようとしてくれてありがと。うれしかった」

「申し訳なかった」運転席から長崎が詫《わ》びてきた。「もっと早くに俺が駆けつければ、上原くんもあんな目にあわずにすんだのにな」

「長崎さんは偶々《たまたま》、公園で私達を見つけたんですか」

「いや、じゃないんだ。順を追って話すとね。まず三時半過ぎ、俺んとこにひかりさんの親父さんから電話があった。俺の前に上原くんの携帯に電話をしたんだが、電源を切っていて繋《つな》がらない、これはふたりしてどこかへいったにちがいない、捜してほしいって。じつは娘であるきみの話は、親父さんからよく聞いていて」

「どんな話ですか」ひかりは思わず訊ねた。

「負けん気が強くって、一度やると決めたことは達成しないと気がすまない、頭がよくて聡明だが、抜けているところも多い、おとなしく見えるのは猫を被《かぶ》っているだけで、大胆な真似をしでかし、まわりを驚かすことも珍しくない」

言いたい放題だな。

すると隣で上原くんがしきりに頷いているのに気づいた。

「上原くんもお父さんとおなじ意見なわけ？」

「うん、あ、いや」

「親父さんはこうも言っていたんだ。上原くんは至って真面目な男で、ひとがいい。彼といっしょならば、駆け落ちなんて非現実的なことはしないだろう。ほんの一時でもふたりだけの時間を過ごそうとしているにちがいないと」

さすがはお父さん、よくわかっていらっしゃる。

「そこで行き先に心当たりはと訊ねたら、カラオケかボウリングぐらいしか思い当たらないと言うんでね。ひとまずきみ達の地元のカラオケボックスとボウリング場にいってみたけど、どこにもいない。よく考えれば、そんなたやすく見つかる場所は避けるだろう。かといってさほど遠くへいくとは思えない。するとカラオケとボウリングがワンセットの場所が近場にあった」

「あそこのアウトレットモールだったんですね」と上原くん。

「そうだ。午後五時にはボウリング場できみ達を見つけた」

「そんな前に？　どうしてそのとき、私達を連れ帰ろうとしなかったんですか」

「見つけてすぐ、親父さんに連絡をしたんだ。そしたら」

　ひかりは楽しんでいますか。

　お父さんはそう訊ねたという。

「はい、と俺が答えると、ならばふたりを見守っていてあげてほしい、もし帰りのバスで地元ではなく、反対方向へ乗るようなことがあれば、そのときは引き止めてくれって言われたのさ。娘の身になにかあれば、助けてやってほしいともね。でもまさか、あんなチンピラに絡《から》まれるなんて思ってもみなかったよ」

「それじゃボウリング場から公園まで、ずっと尾行していたんですか」上原くんは驚きを隠せずにいた。「まるで気づきませんでした」

「迷子猫を追いかけるより、ずっと簡単だった。きみ達はお互いしか見ていなかったからな」

　長崎の話を聞きながら、ひかりはある話を思いだしていた。

　聖書ではない。西遊記だ。

孫悟空が世界の行き止まりまで飛んでいったかと思ったら、お釈迦《しゃか》様の手のひらからでていなかった、あの有名な話である。

ひかりが孫悟空で、お父さんがお釈迦様だ。

そう考えると、お父さんの顔はお釈迦様に似ていなくもない。

牧師なのにね。

11

「御堂さん」

病院を訪れ、ひかりの許へいくため、エントランスを抜け、受付を通り過ぎていこうとしたときだ。どこからか名前を呼ばれ、一男は足を止めた。近寄ってきたのは、橋本広志の妻、久美子だった。

「この度はありがとうございます」

一男は深々と頭を下げた。

「いいえぇ、とんでもない。あんなロクデナシでも他人様《ひとさま》に役立つ日がくるなんて、思ってもいませんでした」

久美子が言うロクデナシとは彼女の夫、広志のことだ。

「でもほんとによかった、骨髄《こつずい》が適合して。そうじゃなきゃあ、御堂さんの努力も水の泡でしたもんね」

造血幹細胞移植を安全におこなうには患者とドナーのHLA、ヒト白血球抗原の一致が求められる。なんでもHLAにはA座、B座、C座、そしてDR座、DQ座、DP座とあるらしい。このうち移植と密接な関連が判明しているのがA座、B座、DR座で、それぞれ対になっているため、ぜんぶで6座、一致しているのが望ましい。じつを言えばひかりと広志のHLAが適合したのは、6座のうち5座だった。それでも移植のドナーとしての基準は満たしているとのことで、骨髄移植をおこなう運びとなったのである。

ただし担当の青木先生の話では、まだ安心ができないという。骨髄移植の合併症は非常に多く、そのいくつかは深刻な事態を引き起こす恐れがあるからだ。

神の試練はまだつづく。

「こちらの病院にいらしたのは？」

「ロクデナシの血を抜きにきたんです。今日で二回目だし、店もあるから、ひとりでいけばいいでしょって言ったんですけどね」

HLAが適合したぞ、さあ移植手術だとはならなかった。まずはドナーである広志をはじめ、配偶者の久美子、第三者の立会人、骨髄バンクのコーディネーター、医師が一堂に集う。そして提供意思を確認したうえで、広志が書類にサインをする。

つぎにドナーの健康状態について、こまごまと検査する。広志は酒と煙草を摂取するものの、これまで大病を患ったことはなく、至って健康だったらしい。

さらに〈自己血貯血〉なるものをおこなう。今回の手術で、広志からは1000㎖の骨髄液を採取する。これだけの量を採ると、血の量が足らなくなり、骨髄採取の最中の血圧低下やその後の貧血を防ぐため、予《あらかじ》め600㎖ほど自分の血液を抜いておく必要があった。これがまた面倒で、600㎖を一気には抜くわけにはいかず、400㎖と200㎖の二度に分ける。しかも一回目は骨髄採取の三週間前、二回目は一週間前と期間を空けてやらねばならない。〈ロクデナシの血を抜きにきた〉と久美子が言ったのは、このことなのだ。

「ここまで辿り着くのに、けっこう時間がかかっちゃって。ほんと、お待たせして申し訳ありません」

「いえ、そんな」

「ドナーの骨髄採取と患者の骨髄移植って、おなじ日にするんですってね」

「ああ、はい」

「あと一週間、ひかりさんはこれから大変なのよね。身体《からだ》の中のがん細胞をできるだけ壊滅させ、ドナーの細胞を受け入れられるよう、抗がん剤や免疫力を低下させる薬を投与したり、放射線治療を施したりして」

「よくご存じですね」

そのせいでふだんよりも強い副作用がでると、青木先生に言われていた。これ以上、ひかりがつらい目にあうのかと考えるだけで心が沈む。一男のできることは神に祈るだけだ。

「ネットで調べただけに過ぎません。恥ずかしいけど、ひかりさんの病気について、これまで少しも知りませんでした。ドナー登録も先日したばかりで」

一男もおなじである。ひかりのことがなければ、一生知らずにいただろう。

「ひかりさんに比べたら、ウチの亭主なんかチョロいもんですよ。そりゃあね。骨髄液を抜くのに百回以上、腰に注射を刺さなきゃいけないらしいんですが、それにしたって、全身麻酔しているんですからね。しかも手術時間は長くて一時間半程度。なのにあのロクデナシ、いまからビビりまくってんですよ。前日から入院して、骨髄採取をした翌日には退院する予定なんですけど、心細いからずっとそばにいてほしいとかヌカすんですよ。ロクデナシでイクジナシなんです。どうしてあんなのと結婚しちゃったんだろ。やんなっちゃう」

久美子は大きく溜息をつく。そして一男を上目遣いで見ると、申し訳なさそうに言った。

「すみません、ついグチっちゃって。御堂さんのほうがずっと気苦労が多いはずなのに」

「だいじょうぶです。仕事柄、他人のグチや悩みを聞くのは慣れていますので」

「江津子さん、幸せだったでしょうね。御堂さんみたいな優しいひとと結婚して」

どうだったのだろう。

いまとなっては知る由《よし》もない。

「ピンクのキャリーバッグ」久美子が唐突に言った。「江津子さん、持っていませんでした？」

「は、はい。そのキャリーバッグひとつで、ぼくの前にあらわれました」

広志を見つけだす手がかりになった、印刷会社の領収証が入っていたキャリーバッグだ。

「それじゃあ、やっぱ、あのひとが江津子さんだったんだな」

「江津子に会ったことがあるんですか」

「会ったっていうか」久美子は決まりが悪そうな顔になる。「莫迦亭主とつきあいたてで、はじめて彼の部屋にいったとき、女のひとが突然、入ってきたことがあったんです。でまあ、そんとき私達ふたりはベッドの上にいたものだから、当然ブチ切れて、泣きながら文句を言いつつ、ピンクのキャリーバッグを引っ張りだして、そん中にあった莫迦亭主のCDとかをぶちまけてから、そこらにあるものを手当たり次第に詰めこんで、部屋をでていったんです。あ、でもすぐまた戻ってきて、このクズ野郎って捨て台詞を残して去っていきました」

「いつのことか、覚えていますか」

久美子は西暦で答えた。

「その年の暮れに娘が生まれたんで」

ひかりも同じ年の十二月だ。

「四月で、日付までは覚えていませんが、金曜の夜だったのは間違いありません」

そして江津子はピンクのキャリーバッグを引きずって、電車をいくつか乗り継ぎ、一男の住む町に辿り着いた。ビジネスホテルが見つからず、雨も降りはじめたので、教会で休むことにしたのだろう。

「江津子さんの言うとおりでした」久美子は弱く笑いながら、呟くように言った。

「アイツはクズ野郎だった」

久美子と別れ、エレベーターに乗り、ひかりの病室があるフロアで下りた。右に曲がってしばらく歩き、廊下の角を左に折れたときだ。

え？

広志がいた。

驚くべきことに、車椅子に座る娘と話している。

なんのつもりだ？

一男はふたりの視界に入らないよう、数歩下がって身を隠した。どうして自分がコソコソしなければならないのかと思いつつ、身体が自然とそう動いてしまったのだ。

「ありがと。助かった」

広志が礼を言うのが聞こえる。そして足音が近づいてきた。数秒もしないうちに、広志が廊下の角を折れ、一男の前を通り過ぎていこうとした。

「橋本さんっ」

「わわっ」

一男が声をかけると、広志は驚き慌てふためいた。テレビだったら、ナイスリアクションと褒《ほ》めてもらえるくらいだ。今日の彼は作務衣ではなく、フード付きのパーカーにジーンズというでたちだった。

「あんたか。おどかさないでくれよ」

「どうしてひかりと話をしていたんですか」

「ひかり？　だれが？」広志が聞き返してくる。

「いまあなたが話をしていた車椅子の子です」

「おい、嘘だろ。マジでか。信じられねぇなぁ」

「ではあなたは、ひかりと知らずに話をしていたと」

「そうさ」

　そうだろうか。

「どうしてここにいるんです？」

「血を抜きにきたのさ。自己血貯血といって」

　その説明はいい。

「でもそれはこの階ではないでしょう？」

「五階だった。血を抜きおわって一階まで下りた瞬間、スマホを忘れてきたのに気づいてさ。エレベーターに改めて乗ってあがってきたものの、間違えて六階まできていたんだ。ところがまるで気づかずに、フロア中をぐるぐる回っていたら、どうかなさいましたかって、車椅子のお嬢さんが声をかけてきて、事情を話したら、ここは六階ですよと教えてくれたってわけ」

「ほんとですか」

俄《にわ》かには信じ難い。しかし広志が嘘をついているのかどうか、その表情からは窺い知れなかった。

「ほんとさ。あんたはこれから彼女んとこにいくんだろ。訊いてみればいい」

ここまで言うのであれば信じるしかなさそうだ。

「そっか。いまの子がねぇ。ウチの萌奈に似ているなとは思ったんだ。俺がじつの親だっていうのを感じて、声をかけてきたのかな」

広志は莫迦にうれしそうで、ニヤニヤと笑っている。それが一男には不愉快でたまらなかった。

「一階で奥さんとお会いしました」

「おっと、いけない。待たせるとうるせえからな、あいつ。それじゃまたな」

クリーンルームに入ると、ひかりは担当の看護師の手を借りて、車椅子からベッドへ移動しているところだった。そして看護師が去ってからだ。

「お父さん、いま、男のひととすれちがわなかった？」

「え？」

「お父さんと同い年くらいで、パーカーにジーンズの」

「ああ」一男はできるだけさりげなく答えた。「すれちがったよ。そのひとがどうかしたか？」

「私、いましがた青木先生の検査を受けてもどってきたところなんだけどさ。看護師さんが先に部屋に入って、ベッドとかをちょっと片付けしていたあいだに、そのひとがあたりを見回しながら、近寄ってきたのね。挙動不審で胡散臭《うさんくさ》かったから、どうかなさいましたかって声をかけてみたんだ」

　じつの親だと感じたわけじゃないのか。

　危うく笑いだしそうになるのを、一男は堪《こら》えねばならなかった。つづけてひかりが話したことは、広志の言ったとおりだった。彼は嘘をついていなかったのである。

「オッチョコチョイなひともいたもんだな」

　一男は努めて明るく笑った。ところがひかりは眉間《みけん》に皺を寄せ、首を傾《かし》げている。

「どうした？」

「あのひと、だれだか、お父さん知っている?」

「いや」一男は動揺を隠すので精一杯だった。

「昔、ウチの教会に通っていた信徒さんだったりしない?」

「どうだろ」すぐに否定するのも変だと思い、一男は考えるフリをする。「なんでそう思う?」

「どこかで会った気がしてならないんだ、あのひと。でもあんなオトナの知りあいとなると、学校の先生か、信徒さん達くらいだからさ」

「テレビにでているタレントや役者に似てるんじゃないのか」

ひかりが繰り返し見る夢の中の悪魔こそが、広志にちがいない。しかしどんな顔なのかわからないと言っていたはずである。もしかしたら本人を見た途端に、思いだしたのだろうか。

「それにね、あのひと」

まだなにか言おうとする娘に、「いろいろと考えないほうがいい」と一男は言った。

「身体に障るぞ」

「そうだね」そう答えたものの、ひかりの眉間には皺が寄ったままだった。

「お父さんにしてもらいたいこと、なにかあるか」

一男はどうにか話題を変えようと試みる。

「『パルプ・フィクション』で、ジョン・トラボルタが踊るダンス、お父さんが踊れるってほんと？」

「え？」

「公園で助けてもらったあと、車ん中で長崎さんから聞いたんだ」

余計な話をしてくれたもんだと、長崎を少し恨む。

「ウチに『パルプ・フィクション』のＤＶＤがあるから、好きなのは知ってたけど」

「あれはお母さんが好きで買ったんだ。繰り返しよく見ていたよ。ひかりはいつ見た？」

「お父さんが日曜礼拝で、エゼキエル書二十五章十七節の話をしたときだから、中一んときかな」

中一が見てよいものかどうかはさておきだ。

「お母さんはあのダンスのシーンが好きでね」

映画では、渋るジョン・トラボルタをユマ・サーマンが促《うなが》し、ふたりでツイストダンスコンテストに出場することになる。まさにこれとおなじように、江津子は一男にそのダンスの場面を真似ようと誘ってきた。

「ＤＶＤで見ているときはもちろん、家でふたりきりでいるときにも興に乗って踊ることはあった」はたして何十回、ふたりで踊っただろう。「おまえの前で踊ったら、見よう見真似で踊りだしてな」

話しているうちに、そんな娘をいまのスマートフォンに変える前、ガラケーで撮影したことを一男は思いだした。あのガラケーはどこにしまいこんだだろう。

「じつは私、それ、うっすら覚えていたんだよね」ひかりが言った。「だからＤＶＤで見たとき、これだったんだって気づいたし、このあいだ長崎さんの話を聞いて、やっぱりとも思った。いま踊れる？」

「どうだろ」

「やってみて」

「ここじゃ無理だ。おまえが退院したら見せてやる」

「約束だよ」

「ああ」

まだ踊れるかどうか、自信がない。できなければ練習しておかないと。

「そう言えば長崎さんって探偵なんでしょ」

「どうしてそれを」一男はうっかり聞き返してしまう。

「上原くん、先週の日曜、サッカー部で他校との交流試合があってね。相手校へいくのに、二つ先の駅からバスに乗るんで、駅前のバス停で待っていると、パチンコ屋の二階の窓に、〈長崎探偵事務所〉って書いてあるのを見つけたんだって。そしたらそのビルから、長崎さんがひょっこりでてきたってＬＩＮＥで報《しら》せてきた」

　神様、なんでそんなイタズラをなさるのですか。

　娘が病院を抜けだしたと連絡がきたとき、一男は橋本夫婦の定食屋にいた。地元に戻るにしても二時間はかかる。そこで長崎に娘を捜してほしいと頼んだ。さすが餅は餅屋で、一時間半後にはひかりの居所を突き止めてくれた。探偵であることは一男が口止めしたのではない。長崎が黙っておきますねと言ったのだ。

「ちょうどバスがきたんで、長崎さんには声をかけられなかったらしいんだけどさ。なんでお父さん、探偵と知りあいなの？」

「長崎さんこそ昔、ウチの信徒だったんだ。あの町に探偵事務所を開いてからは、こなくなってしまったけど」

「最近も会ってたりするの？」

「いや」

「でもあのひと、お父さんから聞いたって、私についてあれこれ知っていたわ」

一男は答えに詰まった。長崎がひかりについて、どんな話をしたのかがわからなかったからだ。

「お父さん、長崎さんになにか依頼したんじゃない？」

「なにかって」

「私のドナーになってもらうために、お母さんの親類縁者を捜してもらったんじゃない？」

なるほど。言われてみればそうだ。おじやおば、いとこでもＨＬＡが一致する確率は両親とさほど変わらない。ほんとの父親を捜さねばと考えていたばかりに、そこまで気づかなかったのである。

「長崎さんは見事に役目を果たし、しかもそのひとが私と適合した。ちがう？」

「うん、まあ」

正解ではないが、まるで的外れでもない。よくもそこまで考えついたものだと感心してしまう。

「だけど、ひかり」

「わかってるって。ドナーがだれかは教えちゃいけない決まりなんだものね。訊かないでおくよ。でも礼は言わせて。ありがと、お父さん」

「あ、うん」

こんなふうに正面切って、娘に礼を言われたのはひさしぶりだ。一男はどうリアクションをとればいいかわからず、まごついてしまう。

「長崎さんにも、そのドナーさんにも、私が感謝していることは伝えてちょうだい。よろしくね」

「わかった」

12

ガソリンスタンドのバイトをおえた帰り道だ。

一男は商店街の酒屋にいき、一升瓶の芋焼酎《いもじょうちゅう》を買い求め、ガード下を訪ねることにした。チューさんと無性に呑みたくなったのだ。

段ボール箱とブルーシートでできた、チューさんのマイハウスは、どこから持ってきたのか、黒い幕で覆《おお》われていた。近づいていくと、中で物音はしている。

「チューさん、いらっしゃいますか」

「神父かぁ?」返事がした。チューさんにちがいない。

「牧師ですぅ。入ってもよろしいでしょうか」

「駄目だ。あと十分、いや、十五分待ってくれ」

そこで一男は近所のコンビニへいき、ツマミになりそうなものをいくつか買い揃え、戻ってきたところだ。

「すまなかったなぁ」

チューさんは黒い幕を外しており、あたりにはなにやら酸っぱい臭いが漂っていた。

「なにをなさっていたんですか」

「この小屋ぜんたいを暗室にして、写真の現像をしていたんだ」

「チューさんが撮影した？」

「そりゃそうさ」

「よかったら見せていただけませんか」

「イイけど、あんた、俺に用があってきたんだろ」

「あ、はい。いっしょに呑もうかと思いまして」一男は一升瓶をかざす。「ツマミもいま買ってきました」

「せっかくの好意を無下にするわけにはいかねぇや。でも小屋ん中は臭いから、表で呑むことにしよう」

一男は唸《うな》った。

チューさんの写真が想像以上によかったのである。五十枚はあるだろう写真に収まっていたのは、いずれもこの町の風景で、一男の教会もあった。毎日、見慣れているはずなのに、チューさんの腕にかかると、遠い異国のように見えた。しばらくして気づいたのは、どれもひとがいないことだ。それについて訊ねてみると、早朝に撮影しているのだという。

「こんな薄汚いナリの人間に、写真を撮られるのは嫌だろうからさ。それに俺もまだ、ひとを撮る勇気と覚悟がない」

「勇気と覚悟がなければ、ひとは撮れないんですか」

「そりゃそうさ。カメラっていうのは、ひとの人生を切り取るものだ。その一瞬が後世に残ることにもなる。だから軽々しくカメラを向けちゃ駄目なんだ」

そう言いながら、チューさんは紙コップに入った芋焼酎を啜《すす》る。

「うめえな、これ」

「九州で百三十年の歴史を誇る蔵元の芋焼酎です。代々受け継がれてきた一本一本規格のちがう和甕《わがめ》で、じっくり丁寧《ていねい》に醸《かも》すことによって、独特の味わいが生まれるそうです」

酒屋の店長からの受け売りである。酒好きの親しい友人を喜ばせるのにピッタリな焼酎はありませんか、と訊ねたところ、勧めてくれたのがこれだった。チューさんは大喜びだ。明日、病院へいく前に酒屋に寄って、店長にお礼を言わねばなるまい。

「で？」一男から写真を受け取ると、チューさんが訊ねてきた。「どんな魂胆があって、こんなウマい焼酎を奢ってくれるんだい？」

すっかり見透かされていたわけだ。

「じつはお話がありまして」

「俺に？」

「はい。でもあの、相談とかではなくて」

「まさか懺悔《ざんげ》じゃねぇだろな」チューさんがからかい気味に言う。

「そう言えなくもありません」

「そういうのは神父であるあんたの役目だろ」

「牧師です」

「いや、どっちにしたってよ」

「聞いていただけますか」

「それであんたの気が済むなら話せばいいやさ。でも素面《しらふ》でできるのかい」

「一杯ください」

チューさんが新しい紙コップに芋焼酎を注いで、差しだしてきた。

「ありがとうございます」

しかし一杯では酔いがまわらず、三杯目を半分ほど呑んでから、一男はようやく話をはじめた。

「ひかりに関することなのですが」

「ドナーが見つかって、じきに骨髄移植ができるんだろ」

「三日後です。じつはドナーが問題でして」

「問題ってなにが」

「ひかりの実の父親なんです」

チューさんは目をぱちくりさせている。

「ひかりちゃんは養女だったのか」

「いえ、江津子が生んだ子です。でも父親はぼくと結婚をする前に同棲していた男だったんです」

かって」

「あんたはそれを承知で結婚したのか」

「ちがいます。ぼくの骨髄が移植できるか、検査をしたとき、父親ではないことがわかって」

そして一男は探偵を雇い、橋本広志を捜しだし、骨髄移植に至るまでのことを話した。昂《たかぶ》る感情を抑えつつ、できるだけ淡々とである。

「奥さんは自分が身籠《みごも》った子どもが、橋本とやらの子だと気づいていなかったのか」

「ひかりは十二月十四日生まれで、ぼくがはじめて江津子と結ばれた日から数えて八ヶ月半です。江津子は医者に早産だと言われたとぼくに話していました。そのときからすでに、わだかまりがあったかもしれません。ただ橋本に聞いた話だと、江津子と同棲していた頃、おたふくのせいで子どもはできないと嘘をついていたそうです。ところが結婚してからの江津子と偶然出会《でくわ》した際、自分の嘘を忘れていて、自分の子どもを紹介してしまった」

一男は紙コップの焼酎を呑もうとして、空だと気づく。そこへチューさんが注いでくれた。

「ありがとうございます」と礼を言い、一口呑んでから話をつづける。

「橋本の嘘を知ってから、江津子はぼくとひかりが父子かどうか、それこそDNA鑑定でもして調べたのではないか、そう思えてならないのです」

「どうしてだ？」チューさんが訊ねてきた。

「幼かったひかりを幼稚園に送ったあと、江津子がぼくに電話してきたことがあるんです。今日の夕飯は、あなたが担当だけど、あたしとひかりで、ちくわカレーをつくるって」

「ちくわカレーって、炊きだしのときにでるアレか」

「はい。もともと江津子の得意料理なんです。そのあと、江津子は突然、泣きだしたんです。一男くん、聞いて。あたし、あなたに謝らなければならないことがあって」

「奥さんは、あんたになにを謝った？」

「わからずじまいです」目の縁に涙が滲《にじ》む。「つぎの瞬間、なにかがぶつかる音が聞こえたかと思うと、電話が切れてしまいました。江津子は娘を幼稚園に送った帰りでした。まさかと思い、ぼくは家をでて、幼稚園へ向かう道を走っていくと、大勢のひとが群れているのが見えてきました。その先には電柱に直撃した軽トラックもあったのです。さらにひとをかき分けていくと、江津子が道に倒れていて」

　血まみれだった。

「その事故で奥さんは亡くなった？」

「ええ」

江津子を抱き起こそうとしたら、制服の警察官に引き止められた。その先の記憶は朧《おぼろ》げで、混濁している。警察に連れていかれたのは覚えているが、娘を幼稚園に迎えにいった覚えがない。だが警察の遺体安置室で、ひかりが泣きじゃくったのはたしかだ。

おかあさんとおやくそくしたの、おとうさんのために、ちくわカレーをつくるから、ひかりもおてつだいするって。おかあさんがしんじゃったら、できなくなっちゃう。そんなのイヤだ、しんじゃだめだよ、おかあさん。

交通事故の直前に、江津子から電話があった話は、ひかりにはしていない。お母さんはお父さんになにを謝ろうとしたのかと訊かれるのが困るというか、怖いからだ。

一男の頰《ほお》を涙が伝っていく。チューさんは無言だった。頭上を行き交う電車の本数もだいぶ減ってきている。

「ひかりは」しばらくして一男は口を開いた。「ドナーがじつの父親だとは知りません。元々、ドナーがだれかは教えちゃいけない決まりですから。だけど、この先ずっと黙っていてイイものか、わからないんです」

「ひかりちゃんは勘がいい子だし、あんたは嘘がつけない人間だ。バレるのも時間の問題だぜ」

「バレたとき、ぼくはどうしたらいいのか、ひかりはいままでどおり、ぼくを父親だと思ってくれるか、考えれば考えるほど不安でならないのです」

「奥さんの死も乗り越え、ひかりちゃんの病気にも立ち向かい、十六年間、がっちり親子をやってきたんだろ。いまさら血の繫がりがどうこうなんて気にするこっちゃねぇさ。ひかりちゃんだってそうに決まっている。信じろよ。な？　いま、あんたが信じるべきなのは、神様よりもひかりちゃんだ。そしたらそんな不安、いっぺんに吹き飛んでいくはずだぜ。ちがうか」

「いえ」一男は首を横に振る。「おっしゃるとおりです」

「そうか。そいつはよかった。はは。ごめんな。こんなえらそうなこと言うつもりはなかったんだ」

「とんでもない」

「呑み慣れないイイ酒呑んだら、いつもより早く酔いがまわってきちまった」

「チューさん、ひとつお願いが」

「まだなにか懺悔することがあるのか」

「いえ。退院して元気になったら、娘の人生を切り取ってやってもらえませんか」

「ひかりちゃんの写真を撮れってことかい？」

「はい。もちろんチューさん自身に勇気と覚悟ができたあとでかまいません」

「わかった。そのときはあんたも撮るよ」

「よろしくお願いします」


「困ったことになりました」

ほんとに困った顔で、青木先生が言うのを目の当たりにして、一男は少なからず動揺した。

骨髄移植の当日である。午後からの手術に付き添うため、病院を訪れたところ、クリーンルームの前に青木先生と担当の看護師がいた。

「まさかいまになって、骨髄があわなかったなんて」

広志の骨髄採取は今朝、おこなわれていたはずなのだ。

「それはご心配なく。問題はひかりさんです」

「ひかりがなにか?」

「病室からでてこないんです。しかもドアの内側にある取っ手をなにかと縛り付けて、開かないようにしてありまして」

「なんでそんなことを?」

「わかりません。お父さんとふたりだけで、話をさせてほしいの一点張りで」

「ぼくと？」

嫌な予感しかしない。

「わかりました。すみません、お手数をかけて。できるだけ早く、病室からでるよう説得します」

「よろしくお願いします」青木先生は神妙な面持ちで言う。「私達は神様ではありませんが、ひかりさんの病気を必ず治してみせます」

「ありがとうございます」

それから一男はドアをノックし、「お父さんだ」と言った。返事はない。だがドア越しにガタゴトと物音が聞こえてくる。

「入れるよ」

ひかりが言った。硬く冷ややかな声だった。

「どうした？」

ドアを開くと、ひかりはベッドに戻り、その脇に座った。上目遣いで一男を見ている。反抗的でありながら、助けを求めているようでもあった。

「お父さんに話ってなんだ？　言ってごらん」

「嫌だ」

「え？」

「なんか嫌だ」

「なにが嫌なんだ？　手術が急に怖くなったのか」

「ちがう。そんなんじゃない」

「だったらなんだ？　なにかべつの理由があるんだったら教えてくれ」

少し間を置いてから、ひかりは言った。

「お父さん、私に隠していること、あるよね」

「え？」

「ドナーってだれ？」

「だれっておまえ、教えられるはずないだろ。そういう決まりなんだからさ」

「話してくれないなら移植は受けない」

「無茶言うな」

「無茶なんかじゃない。私の中ではちゃんと理屈が通っている」

ひかりはきっぱり言い切った。凜々《りり》しいと言うべきその表情から、娘の本気が伝わってくる。それでも一男はドナーの正体を明かすのをためらう。ひかりがどう受け止めるか、まるで想像がつかないからだ。

「あの日の朝、幼稚園へいく途中で、お母さん、お父さんに嫌われちゃうかも、悪いことをしてしまったのよって言ったんだ」ひかりが言う〈あの日〉とは江津子が交通事故に遭った日だと一男はすぐに気づいた。「だから私、今日はお父さんに、ちくわカレーをつくってあげようって言ったの」

「お父さんにも」

一男はうっかり呟いてしまう。それをひかりは聞き逃さなかった。

「お父さんにも、なに？」

「おまえを幼稚園へ送ったあと、電話をかけてきたんだ。夕飯はあなたの担当だけど、あたしとひかりで、ちくわカレーをつくりたいって。わかったと答えたら、お母さん、突然泣きだしてな。一男さん、聞いて。あたし、あなたに謝らなければならないことがと言ったものの、その先は聞けなかった。電話をしながら、お母さんは横断歩道を渡っていたんだ」

そして軽トラックに、はねられてしまった。

「お母さんがなにを謝ろうとしたのか、お父さんは心当たりがあるの？」

「そのときはなかった」

「いまはあるんだ」

迷いながらも一男は「ある」と短く答えた。

「私もお母さんがなにを謝っていたのか、自分なりに考えていたら、突飛な結論に達したの。怒らないで聞いてくれる？」

「言ってごらん」

ひかりは息を整えてから、おもむろに言った。

「私はお父さんの子ではないってこと」

ある程度、予想はできていた答えだ。

「どうして」一男は動揺を隠そうとしたが、声がかすれてしまい、咳払いをひとつしてから言い直した。「どうしてその結論になった？」

「今朝、またあの夢を見たんだ。繰り返し見る私が六歳の夢。あれ、私が経験していた現実だった。夢にでてきた歩道橋って、このあいだ、上原くんといったアウトレットモールのだったんだよ」

やはり気づいていたのか。

娘の夢が現実だったのは、広志によって裏付けされている。

「でも今朝のはいつもと少しちがっていた。悪魔の顔がはっきり見えた。先週、下りる階を間違えて、迷子になっていた、あの男のひとだった」

「だからなんだ？　それがどうしたと言うんだ？」

「あのひとが私のドナーだよね。五階で下りるはずが六階まできたって言ってたのって、つまり五階で自己血貯血していたんじゃない？」

鋭い。

「階を間違えているのを教えたあと、あのひと、こう言ったんだ。お嬢さん、ウチの娘によく似ているなって」

「そんな話、このあいだ、しなかったじゃないか」

「しようとしたら、いろいろと考えないほうがいい、身体に障るぞってお父さんに言われて、できなかったのよ」

自分がそう言ったのを、一男ははっきり覚えていた。

「それでね。夢の中で男のひとが連れている女の子が、自分に見えたのは、私に似ていたからだと思えてきたの。だとしたら父親がおなじでもおかしくないって」

あまりに根拠が薄いし、論理が飛躍し過ぎて、本人が言う通り、突飛な結論である。でも答えはドンピシャリだ。バレるのも時間の問題だぜとチューさんに言われ、そうかもしれないと思っていたが、こんなに早くとは思いも寄らなかった。

それも手術の直前にだなんて。

もう隠し通すのは無理だ、と一男は観念した。

「おまえの言うとおりだ。あのひとがドナーで、ひかりのほんとの父親だ」

一男の告白に、ひかりは驚きと戸惑いの表情になった。もしかしたら自分で導きだした答えを、否定してほしかったのかもしれない。

「おまえと骨髄が適合するかどうか検査を受けたとき、白血球の型を見るかぎり、親子関係が確認できないって言われた。それまでお父さんは知らなかったんだ。でもおまえに助かってほしかった。親子であっても骨髄が適合するのは一パーセントだ。お父さんはその一パーセントに賭けた。そしてほんとの父親を探偵の長崎さんに捜してもらい、見つけだすことができた。あのひともひかりやお父さんのことを知らなかった。事情を洗いざらい話して、骨髄が適合するかどうか検査してもらった。そしたらその一パーセントだった。そこで改めてドナーになってほしいとお願いしたんだ。そして今日の手術となった」

一男は必死になって話しつづけた。嘘偽りのない事実だ。なのにどうしてだろう。言い訳をしているように思えてならない。自分自身がこの事実をきちんと受け止めていないからではないか。

「私、お母さんとあのひとがいっしょにいて、すごく嫌だった」ひかりが低い声で言った。「あのひとは悪魔だ。お母さんを苦しめ、お父さんに辛い思いをさせた悪魔だよ。そんなヤツの骨髄が私の身体に入ってくるなんて、考えるだけでゾッとする」

「なに言ってるんだっ」

自分の声を大きさに、一男自身驚いてしまう。だがそんな父親に負けじとばかりに、ひかりはさらに大きな声になる。

「もしもよ。もしもお母さんが生きていて、あのひとについてお父さんに話して謝ったら許していた?」

「そんな話、いまさらしてどうするんだ。どうでもいいんだよ」

「よくない」

「いいって言ってるだろ」

「いいわけないっ。全然よくないっ。ちゃんと答えて」

「わからないよっ」

「そんなのズルい」

「ズルいもなにもない。わからないとしか言い様がないんだ。事実を知ったとき、お母さんはぼくを愛していなかったのではないかと疑った。ぼく達の幸せは、嘘で固められていたのだとさえ思った。ほんとのことが知りたくて、知りたいけど知りたくなくて、ぐちゃぐちゃだった。いまもそうだ」

一男は立ち上がり、病室の端にある車椅子の許へいき、ベッドの脇まで押してきた。

「もっと早くいろいろと話すべきだった。お父さんが悪かった。許してくれ。ひかりがいま、自分の気持ちに整理がつかずに苦しんでいるのは、ぜんぶお父さんのせいだ。でも信じてくれ。お父さんはひかりに生きてほしいだけなんだ。だからもういこう。な？」

「それじゃ駄目なのっ」ひかりは駄々っ子のように言う。それこそ六歳の頃みたいだった。「ぜったいに嫌っ」

「なにが駄目なんだ？」

「私、知ってるから。ちゃんと知ってるから」

「知っているってなにを？」

「お母さんはお父さんを愛していた。うまく言えないけど、証明なんかできないけど私は知っている。どうでもいいだなんて言わないで。嘘で固められていた？　そんなはずがない。お母さんといっしょだった日々を、ちゃんと思いださなきゃ駄目だよ。お母さんがかわいそう」

ひかりに言われ、生前の江津子の姿がいくつも脳裏に甦ってくる。卵に顔を描いていたり、ちくわカレーをつくっていたり、ノリノリでツイストを踊ったり、どんなときでも江津子は一男に微笑《ほほえ》みかけていた。

ひかりの出産のときもそうだった。一男は立ち会い、分娩室にまで入ったのだが、緊張でガチガチになってしまった。医師や看護師にあきれられるほどだ。しかし江津子はそんな夫に慈愛《じあい》に満ちた目を向けると、口角を微《かす》かにあげ、こう言ったのだ。

だいじょうぶよ、あなた。心配しないで。

ひかりは黙って一男を見つめている。その顔は江津子にそっくりだと改めて思う。

「江津子はぼくのことが好きだった。ぼくも江津子のことが好きだった」

一男は口にだして言う。娘に対してであるが、自分に言い聞かせてもいた。二度と忘れないようにするためだ。

「思いだした、お父さん？」

「ああ」一男は素直に頷く。「ありがとう、ひかり」

「なにが？」

「おまえが、ぼくと江津子の許に生まれてきてくれたことだよ。だから生きてくれ。生きて幸せになるんだ、ひかり」

「わかった」

コンコン。ノックの音がした。一男がドアをわずかに開くと、その隙間《すきま》に青木先生が見えた。

「いかがでしょうか」

「いきます」青木先生に答えたのは、ひかりだった。「ご心配かけて申し訳ありません」

三分もかけずに準備を済ませ、ひかりを乗せた車椅子のうしろにまわろうとしたときだ。

「お父さん」

「なんだ?」

「私のお父さんは、お父さんだけだよ」

ひかりの言葉が一瞬にして胸に沁《し》み渡っていく。目頭が熱くなり、危うく涙がこぼれそうになる。それを見られないがために、一男はひかりの頭を、軽く抱き寄せた。

13

「ありがとうございます。今日は復活祭です。一年でもっとも重要なこの日に、娘のひかりといっしょにいられることに、感謝以外の言葉が見つかりません」

商店街の中を自転車を引きながら、一男は小声で呟いていた。明日の説教の練習なのだ。

「正直に言います。いろんなことが信じられなくなった瞬間がありました」

一男にしか見えない信徒達のウケがイマイチだった。中には引いているひともいる。笑っているのはチューさんだけだった。ここはカットしたほうがいいかもしれない。

「いまは以前よりも深く、愛を信じることができます。気づかせてくれたのは神であり、みなさんであり、そして私の妻と娘です。一瞬の幸福はいつも人生を優しく照らしている。そういう一瞬の積み重ねが人生なんだと、気づかせてくれたんです」

これでは説教というよりも懺悔だな。

「牧師っ」

チューさんだ。いつもどおり赤い帽子を被り、雑誌を手に右腕をあげて立っていた。

反射的にちがいますと言いかけ、一男はその言葉を飲んだ。牧師で正解だからだ。

「えらい荷物だな」

近づいていくと、チューさんが言った。自転車のカゴは溢《あふ》れんばかりに詰まっていて、荷台には段ボール箱が括《くく》り付けてあったのだ。

「そっか。明日のイースターの準備か」

「はい。飾り付けとかお菓子の材料とか細々としたモノをあれこれ買っていたら、この量になってしまって」

「そういや一時間半くらい前に、ひかりちゃんと友達が通っていったよ。いまから教会にいって、イースター礼拝の準備をするんだって。しかもひとり一冊ずつ買ってってくれた」

おっと、そうだ。

「ぼくにも一冊」

「無理しなくていいぜ。買ってもこれじゃ持っていけないだろ」

「小脇に挟んでいくから平気です。今日でこの仕事、引退なんですよね」

「いまは卒業って言うんだぜ」

チューさんは笑った。いよいよカメラマンを再開するのだ。ようやく勘を取り戻したそうで、昔の仲間に連絡をし、どんな仕事でもかまわないから回してくれとお願いしたところ、いくつか依頼があったらしい。ガード下を引き払い、先週末から1Kのアパートで暮らしはじめている。明日のイースター礼拝の模様を撮影にきてくれることになっていた。

「ひかりちゃんはどうだい？　その後の案配は？」

「元気にやっています」

　ひかりの造血幹細胞移植、いわゆる骨髄移植は成功した。ドナーから移植した骨髄液中に存在する造血幹細胞が、血液の流れに乗って、ひかりの骨髄まで辿り着き、そこで増殖し、白血球の数が増えていくことを〈生着〉と呼ぶ。これがひかりの場合、三週間近くかかった。

　生着が確認されたら、感染症のリスクが大きく軽減するので、クリーンルームから一般病棟に移動することができる。点滴だった薬も徐々に内服に変わっていく。それでもまだ再発や厄介な免疫疾患、前処置などに伴う臓器障害、感染症などの合併症のリスクはある。症状が軽くなり、これらの心配もなくなり、食事が摂《と》れるようになれば、つぎはリハビリだ。そうした過程を順調に経て、二ヶ月ほど前、今年のアタマに退院することができた。とは言え週一のペースで外来受診に通い、いまもまだ薬を飲んでいる状態なので完治したとは言い難い。ただ見た目はだいぶ元に戻っているし、日常生活にはいまのところ支障はない。

「明日のイースター礼拝では、ひさしぶりにオルガン演奏を披露します」

一時期、入院していたひかりの代わりに、日曜礼拝で豪がオルガンを弾いていたことがあった。しかし彼は高校に入って早々に、吹奏楽部の活動が忙しいからとやめてしまい、この一年近くは信徒で弾けるひとが代わりばんこで演奏していたのである。

「明日はイエス様だけじゃなくて、ひかりちゃんの復活祭でもあるわけだ。そいつはめでたい。腕を振るってイイ写真、撮らせてもらうよ」

「よろしくお願いします」


教会に戻ると、オルガンの音色が聞こえてきた。一男が買い出しにいく前から練習をはじめていたので、かれこれ二時間近くは弾いているだろう。

一男は裏庭にまわって、自転車を止める。そしてカゴや荷台から荷物を下ろし、ひとまず集会所のドアの前に置く。その中から賑《にぎ》やかな声が聞こえてくる。上原をはじめ、ひかりの中学時代の友達五人が、イースターエッグをつくっているのだ。一男はそのつくり方を伝授してから、買いだしにでかけたのである。

そっとドアを開いた途端、「ひかりのパパってカッコイイよね」と女の子が言うのが聞こえ、一男は手を止めてしまう。五人は大きめのテーブルを囲んで作業をしているのだが、ドアの隙間からだと調理場しか見えなかった。

「あたしもそう思う」

もうひとりの女の子も同意する。声が少し甲高《かんだか》いのが七海で、甘ったるいのが美久だろう。

「どこがカッコイイんだよ」

男の子の声がする。たしか順也という子だ。否定ではなく、疑問を呈したといった感じの口調だった。それはそうだ。一男だってカッコイイだなんて、これまで一度も言われたことがない。

「見た目はあの役者みたいじゃん。なんつったっけ、名前がぜんぶ片仮名の」

「スガシカオ？」順也の問いに答えたのは豪だ。

「そりゃ歌手だろが」

「見た目の問題じゃない」七海が言う。そりゃそうだよなと一男はがっかりするより納得する。「ひかりのために必死にがんばっているところが、カッコイイの。だからこそ早い段階でドナーが見つかって、ひかりの病気が治ったんだよ、きっと」

いくら仲がいい友達とは言え、さすがに橋本広志についていて、ひかりは話していないようだ。

それにしてもだ。自分が話題にあがっている場に入っていくのは、いささか気まずい。知らないふりをすればいいのだろうが、それができる自信が一男にはない。

「あそこまで娘に全力のパパがいたら、カレシは苦労するよなぁ。でしょ、駿介」

美久が上原を名前で呼ぶ。しかしそれには答えず、上原は「ヤベッ」と声をあげていた。

「なにやってんだよ、駿介」順也がツッコミを入れるように言う。「これで三個目だぞ」

「ひかりのパパさんが教えてくれたとおり、爪楊枝《つまようじ》で叩《たた》くというより突かなきゃ」

これは豪だ。

「駿介って、案外、ブキッチョなんだよね」七海が言った。「中学んなったばっかかの頃、運動靴の紐が結べなくて、ひかりに教えてもらったんだよね」

「靴紐だけじゃなかったよぉ」今度は美久だ。「席が隣同士になったときには、上原くん、よく忘れ物して、ひかりに教科書見せてもらったり、鉛筆や消しゴム借りてたりしてたじゃん」

「コイツ、よく忘れ物するなぁってあの頃は思ってたけど、あれってワザとだったのか、駿介」

順也に訊かれても、上原は返事をしなかった。

「ひかりも気づいていたうえで、駿介に親切にしてたのよ、きっと」クスクス笑いながら七海が言う。

そんなことがあったのか。

よく考えてみれば、娘は上原について滅多に話をしない。一男からも訊くことはなかった。自分の話ではなくなったので、そろそろ入ろうかと、ドアノブに手をかけたときだ。

「ねぇ、駿介。ひかりは学校ではどうなの？　だいじょうぶそう？」

美久が上原に訊ねた。いままでと声のトーンがちがうのは、本気で心配しているからだろう。

「今週の月曜にはじまったばっかりだから、まだわかんないよ」

「駿介とは、クラスどころか学年もちがうんだもんね」

豪の言うとおりだ。ひかりは去年、病気のせいで、ほとんど高校へいっていない。そのため、この四月から改めて一年生として通いはじめているのだ。

「でも今週、ひかり、サッカー部にマネージャーとして、入部したんだ」

「駿介が誘ったのか」と順也。

「誘ったのはたしかに俺だけど、サッカー部の部員から強い要望があって」

「なんで？」一男が気になるところを、豪が訊ねてくれた。

「ひかりを励ますための動画をサッカー部に協力してもらって、百本以上つくったんだけどさ」

「そんなにたくさん？」順也が驚きの声をあげる。

「ほぼ一年のうちでってことだよね」と豪。

「ちょっとしたユーチューバー並みじゃん」これは美久だ。

「サッカー部がそれでいいの？」七海は少し呆れていた。

「それでよかったんだ。おかげで団結力が高まり、部活も熱心に励むようになった。春休みにはどの大会もでると負けだったのが、二回戦までは勝ち進むようになって、春休みには準決勝まで進出してね。そしたら、これは御堂さんのおかげだ、彼女は勝利の女神だ、ぜひサッカー部に入ってもらおう、マネージャーとはいっても部活のあいだ、いてくれさえすればいい、ついてはおまえからお願いしてくれと部員みんなに頼まれたというか、拝まれたんだ。こんな私でよければ、とひかりはオッケーしてくれて、入部したってわけ」

　そうだったのか。

　学校でも元気そうでいる娘に安心し、ホッと胸を撫で下ろしながら、一男はがっかりもしていた。いまの話をひかり当人から聞いていなかったからである。隠しているのではなく、わざわざ父親に言う必要はないと思っているのであろう。それはそれで寂しい。

「御堂さん」

　背後から話しかけられ、一男はギョッとした。一ノ瀬だった。

「どうしてここに？」

「長崎さんの代理ッスよ」

　半年前、一男がバイトをするガソリンスタンドに、長崎が訪れたことがあった。国産の軽自動車にガソリンを入れにきたのである。そのあと、一ノ瀬にうっかり長崎が探偵であることを言ってしまったのだ。

　マジッスか。お願いです。紹介してください。俺、探偵になりたいんスよ。

　やむなく長崎に連絡して一ノ瀬の話をすると、だったら一度、事務所に寄越してくださいと言われた。その旨を一ノ瀬に伝え、事務所の電話番号と場所を教えた。それから十日後、一ノ瀬はガソリンスタンドを辞めてしまった。なんと長崎探偵事務所の一員として働くことになったのである。テレビや映画などの探偵とはちがい、仕事の大半は迷子のペット捜しだが、それでも一ノ瀬は不平を言わず、それどころか性にあっていたらしく、楽しく仕事に励んでいるらしい。

「猫の譲渡会の打ちあわせにきたわけ？」

「はい」

長崎探偵事務所では野良猫がエサを求めて入れ替わり立ち替わり訪れていた。猫の数は日毎に増え、事務所に居着く猫までいた。そこで長崎はネットで呼びかけ、明日、この教会の裏庭で猫の譲渡会を開くことにしたのである。

「急の依頼があったもんで、代わりにいってくれって、長崎さんに言われたんスよ。御堂さんこそ、こんなとこに突っ立って、なにやってんスか」

「い、いや、あの」

娘の友達の話を盗み聞きしていたとは言えない。すると集会所のドアが内側から開いた。でてきたのは上原だった。

「どうしました？」

「え？」

「話し声が聞こえてきても、なかなか入っていらっしゃらないんで、ドアの鍵をかけちゃったのかなと思って。でもそんなことなかったし」

「い、イースターに必要なものを買ってきたんだけど、けっこう量があるもんだから、どう運びいれようかと考えていたところに、一ノ瀬くんがやってきて」

我ながら苦しい言い訳だ。でも上原は足元にある荷物に気づくと、「手伝います」と中腰になり、段ボール箱を抱え持った。「テーブルまで運べばいいですか」

「あ、うん。よろしく頼みます」


「なにしているの、お父さん？」

その夜だ。風呂あがりのひかりが、リビングにいる一男に声をかけてきた。

「『パルプ・フィクション』のダンスをおまえが見よう見真似で踊ったって話、覚えているか」

「うん」

「そのとき撮ったガラケーを捜したらでてきてな。その動画をスマホに移して、それを今度はテレビで見るために、スマホとテレビをケーブルで繋いでいる。ソファに座って待っててくれ」

「すごいじゃん、お父さん」ひかりが冷やかすように言う。「いつからそんなことができるようになったの？」

「莫迦にするな。お父さんだってこれくらいできる」

じつは信徒のひとりに家電量販店の店員がいて、そのひとに教えを乞い、ケーブルも店員割引で購入してもらったのだ。

「これでよしっと」

一男はテレビの前にあぐらをかき、スマートフォンを操作した。するとすぐさまテレビの画面いっぱいに江津子の顔があらわれ、どきりとする。

「お母さん」

ソファに座るひかりが、ぽつりと呟くのが聞こえた。

「だいじょうぶ？　ちゃんと撮れてる？」

「だいじょうぶだ」

確認する江津子に、十年以上昔の一男が答えた。場所はいまいるリビングで、自分がソファに座り、ガラケーを構えていたのを、いまの一男は思いだす。

江津子の顔が離れていくと、彼女の隣に五歳か六歳のひかりが立っていた。ふたりのうしろにテレビがあって、ジョン・トラボルタとユマ・サーマンがむきあったままでいた。『パルプ・フィクション』のＤＶＤを一時停止しているのだ。

「ひかり、いい？　お母さんの真似をするのよ」

「うん」

「一男くん、ミュージックスタートッ」

一時停止していたＤＶＤが動きだし、チャック・ベリーの『ユー・ネヴァー・キャン・テル』が流れてきた。江津子はユマ・サーマンとおなじクールな顔つきで、爪先を立てた脚の膝を左右に振る。まずは右脚、つぎに左脚とツイストを踊りだす。ひかりは江津子を見ながら、その動きを真似てみせる。

「うまい、うまい。じょうずだぞ、ひかり」

テレビの中で、昔の一男が褒め称える。するとソファに座っていた十六歳のひかりもまた、すっくと立ちあがり踊りはじめた。

「おまえ、いつの間に」

一男は驚いた。娘はユマ・サーマンのダンスを完コピできていたのだ。

「踊ろっ、お父さん」肩を左右交互に前へ突きだしながら、ひかりが誘ってきた。

「私が退院したら踊ってくれるって約束してたじゃん」

そうだった。約束は守るべきだろう。そのためにちょっと練習もしておいた。一男は腰をあげる。気乗りしないという顔つきなのは、ジョン・トラボルタを真似ているからだ。

江津子と幼いひかり、そしていまのひかりもクロールで泳ぐように両腕を動かしている。一男もだ。

『ユー・ネヴァー・キャン・テル』は十代で結婚をした男女を唄った歌詞だと教えてくれたのは江津子だ。サビの〈セ・ラ・ヴィ〉がフランス語で、〈これが人生だ〉という意味であることもである。

一男はチョキにした右手を横にして、顔の前で移動していく。ひかりもおなじ動きだが、右手はパーで、てのひらをこちらに向けている。気づけば、ひかりの右隣に江津子がいた。白い無地のごくシンプルな、ハイネックで長袖のワンピースだった。

どうしてここに？　とは思わなかった。むしろいて当然と納得する。

江津子とひかりは寸分たがわぬ動き踊っていた。そんなふたりを見つつ、一男は明日の礼拝でおこなう説教の一節を頭の中で復唱する。

いまは以前よりも深く、愛を信じることができます。気づかせてくれたのは神であり、みなさんであり、そして私の妻と娘です。一瞬の幸福はいつも人生を優しく照らしている。そういう一瞬の積み重ねが人生なんだと、気づかせてくれたんです。

腰を手に当て、ステップを踏みながら、江津子とひかりが近寄ってくる。一男はそれにあわせ、一歩ずつあとずさりしていく。そのとき江津子と目があった。いつもの笑顔だ。優しく微笑んでいる。

そうだ。
これが人生だ。

本文イラスト／川上和生

本書中の聖書の文章は関根正雄訳『旧約聖書　ヨブ記』塚本虎二訳『新約聖書　福音書』（共に岩波文庫）を底本としました。

本書は映画『マイ・ダディ』（脚本／及川真実・金井純一）の小説版として書下ろされました。

なお、本作品はフィクションであり実在の個人・団体などとは一切関係がありません。

徳間文庫

マイ・ダディ

2021年8月15日 初刷

著者 山《やま》本《もと》幸《ゆき》久《ひさ》

発行者 小宮英行

発行所 株式会社徳間書店

東京都品川区上大崎三-一-一
目黒セントラルスクエア
〒141-8202

電話 編集〇三(五四〇三)四三四九
販売〇四九(二九三)五五二一

振替 〇〇一四〇-〇-四四三九二

印刷
製本 大日本印刷株式会社

ISBN978-4-19-894670-8 (乱丁、落丁本はお取りかえいたします)